Gian Pietro Lucini

D'Annunzio al vaglio dell'Humorismo

© 2023 Culturea Editions

Texte et illustration de couverture : © domaine public
Edition : Culturea (Hérault, 34)
Contact : infos@culturea.fr
Retrouvez notre catalogue sur http://culturea.fr
Imprimé en Allemagne par Books on Demand
Design typographique : Derek Murphy
Layout : Reedsy (https://reedsy.com/)

Dépôt légal : janvier 2023
Tous droits réservés pour tous pays

ISBN : 9791041842261

ANTIDANNUNZIANA

Al poeta la palma

Metti anche tu – i "Tacchi-Palma",
o Gabriel – grande cantor,
con presto inganno – raddoppi l'alma,
guardati un po', – non sei maggior?
Te dalla Francia – l'Italia in palma
recasi al sen – materno ognor;
inchioda ai tuoi – i "Tacchi–Palma",
Poeta bel – trionfator.

CANZONETTA SULL'ARIA:
"Metti anche tu – la veste bianca"
1913

Biografia
1863

En attendant, un sceptre enviable, le sceptre du "raffinement", s'offre aux bonnes
volontés. Les générations nouvelles des poétereaux demandent qu'on leur enseigne les
belles manières et le to-to, et les complexions distinguées.
L. Tailhade, Imbéciles et gredins – Un Martyr.
Paullo post vidit cinaedum myrtea hornatum gausapa cinguloque succintum, superbum
in equo supervenientem. Dixitque: "Nunc reperivi quod diutus mihi desiderium erat:
ecce ἱπποπόρνον"
G.P. Lucini, Nota 31 a "Consigli", in Le Nottole ed i Vasi.

È stato ed è norma quasi aristocratica questa, la quale assegna a qualunque ben nato
critico – quando voglia discorrere con fondamento, ragioni ed opportunità di un autore,
di un artista – la perfetta conoscenza non solo delle opere di lui sì bene anche della sua
vita.

Vita ed opere di uno scrittore, esercitate nello stesso tempo, nello stesso ambiente in cui
egli produce, si rischiarano a vicenda, si penetrano, si confondono, danno la totalità.
Come non si può non conoscere l'epoca in cui tale personaggio si esercita e compie le
sue gesta, così non è mai chiara completamente al critico la lirica di un poeta se non ne
conosca la fisiologia, spesso, la patologia: ché allo studio integrale di lui giovano e le
nozioni di ciò che di più nobile espresse il suo cervello, come quanto di più comune si
avvicendò giornalmente nel suo corpo, nella sua casa, nelle sue abitudini.

Tale era la mia intenzione, di seguire cioè e l'una e l'altra indagine nel parlarvi di
Gabriele D'Annunzio, e, per primo, mi era accinto alla doverosa biografia; quando

m'accorsi, che, per quanto animato d'ogni migliore volontà, ajutato d'ogni più lata referenza, non mi veniva fatto di trovare una logica, un nesso, una sequenza anche nella sua vita, sopra tutto, un ordine che me ne spiegasse le vicende. Forse io era privo di quelle benigne informazioni che provengono sempre dalla fonte più interessata, che ti guidano la mente nel pensare e la mano nello scrivere verso quelle destinazioni laudative che fan tanto piacere alla stessa fonte. Per ciò si comprende subito come l'acqua sua sia sempre ottima alla sete d'altrui. Non era, in fatti, l'individuo il più adatto a ricevere dalla viva voce del personaggio, l'aneddoto capzioso, la barzelletta cortese, il *bon-mot* elegante, le rettifiche alle curiosità troppo sfacciate dei giornalisti; ad essere, cioè, il porta-parola di severo aspetto, per rivendicazioni, elogi, amplificazioni, apologie. Il mio prossimo passato mi aveva fato immune di queste confidenze e mi faceva ora obbligo di una scienza d'annunziana tutta creata me da me, con fatica di ricerche, sudori di letture, ingratitudini di lavori improficui, disinganni di notizie ad arte falsificate, di cronologie sbagliate a bella posta.

Così, anch'io desidero di essere convinto, per esperienza, nello scandagliarne la vita, della eccellenza e bontà d'annunziana ed avrei fatto eco ben volontieri a queste note parole del Morello: "Tutti coloro i quali, sulle leggende che corrono le vie, si foggiano un d'Annunzio [di maniera, il *loro* d'Annunzio] cinico e inverecondo, tutto intento a sorprendere per suo particolar gusto e interesse, con le sue mostruose figurazioni, la buona fede del pubblico, non imaginano [e forse] non sospettano neppure, che nell'angolo remoto del suo studio sia un d'Annunzio diverso, e per fortuna il d'Annunzio autentico, cioè l'artista che dell'arte ha fatto la ragione suprema della vita, e un po' anche l'uomo [non estraneo all'umanità, l'uomo] che conosce il dolore che non descrive, forse più delle gioie che descrive troppo!". Ma, per quanto frugassi, codesto autentico D'Annunzio non mi venne fuori; e, se trovai anche, in *camera caritatis*, delle strida, delle urla e delle lagrime, non dolore rinvenni, perché sempre assente dall'analgesico suo cuore; perché altro è Leopardi, altro il Pescarese.

Così, anch'io, incalzando da presso la sua opera, quest'arte sua che lo fa vivere, non per cui vive, voleva scoprire, sulle fibre più sensibili e squisite, le cicatrici, postumo di tante sconfitte secrete che in un drama intimo la sua volontà aveva inferto alla sua facilità, perché il poeta si *espurgasse*, cioè, le traccie di quel drama di cui parla catastroficamente il Gargiulo nel suo studio; ma nessun segno inciprignato mi fu dato osservare.

Se serietà e lavoro paziente ed efficace egli conduce nel suo studio-laboratorio, se drama si avvicendò nella sua opera, per lo svolgimento della sua arte, nello scoprire la diritta via, nell'opporsi ad intrichi ed allettamenti, per farsi *sé stesso*, sempre; se questi segni, per cui si manifesta l'imperio su sé stesso e nel carattere e nel poema esistono, io non li scorsi; però che, forse, mi mancarono alli occhi quelle lenti, speciale privilegio de' mignoni delli autori, colle quali, telescopicamente, si scoprono le virtù, che sono assenti ad occhio nudo; come le grandi machine de' canocchiali di osservatorio astronomico fanno apparire, nel vuoto cielo notturno, miriadi di stelle sotto il miracolo de' loro obiettivi. Io, adunque, povero mortale e non addentro alle secrete confidenze d'annunziane, non vidi in lui che quanto il mio buon senso mi fece osservare, che quanto la gazzetteria spicciola d'ogni giorno, la quale non fu mai rimproverata di dire il falso, mi aveva fatto leggere sul più interessante del suo conto. E mi muniva delle mie prove; ed andava collezionando testi; permettete ch'io ne distenda un breve catalogo:

GARIBALDO BUCCO (*Albio Frentano*), *Presepi d'Annunziani, La Poligrafica Milano*, 1903: contiene delle interessanti notizie sull'infanzia prodigiosa del nostro poeta, vi conoscerete le sue precoci virtù, che, presto, il tempo svilupperà a maggior favore della poesia italiana.

VINCENZO MORELLO, *Gabriele d'Annunzio* nella Collezione: *I Moderni d'Italia, Società Editrice Nazionale*, Roma, 1910. È un inno, una apologia degna di *Rastignac* = Vincenzo Morello. Egli gliela doveva, almeno, per ringraziare l'imaginifico che gli dedicò *Più che l'Amore*. Si sa, una mano lava l'altra e tutte e due insieme la faccia. Vi leggerete i primi anni del Poeta, la sua scuola nel Collegio Cicognini di Prato, le sue lettere d'adolescente al padre, la sua conquista di Roma, auspice il Sommaruga, *la superba vittoria del "Canto Novo"* – che si riduce a vender molte copie del sudetto; "i sette anni che corrono dal 1882 al 1889, dal *Canto Novo* al *Piacere*, quelli dell'esperienze, che danno poco frutto per l'arte, o quel che danno è *cenere e tosco*", ma preparano il materiale d'arte per l'avvenire, quando, "sedati i tumulti della giovanezza, il poeta si ripiegherà su sé stesso,... etc.".

FRANCESCO GIARELLI, *Vent'anni di Giornalismo, 1868-1888, Codogno, tipografia editrice A. G. Cairo*, 1896: mi aveva regalato una sola notizia, ma pure importantissima; mi aveva fatto conoscere "nella folla dei Farfallini nostrani ed esteri, che aumentava da Augusto Lenzoni a Visentini, da Cesare de-Vittori ad Archimede Scarpetti (Zuanin)" anche nel 1880 Gabriele D'Annunzio, che "presentato, da Filippo Turati, esordisce sulla Farfalla con due splendidi sonetti" – pag. 288 – cap. XX.

In sul *periodo romano* poi, in sull'ascesa d'annunziana, abbondava di carta stampata:

EDOARDO SCARFOGLIO, *Il Libro di Don Chisciotte, nuova edizione riveduta dall'autore, con una prefazione e documenti inediti, Firenze, Casa Editrice di A. Quattrini*, 1911. Vi aveva attinto informazioni saporosissime e quanto mai sicure, – come in fatti usò anche il *Rastignac* –, dalla pagina 146 alla 157, dalla 193 alla 202; e non solo, sotto la lucida penna del *Tartarin*, erano stati fermati li avvenimenti della attualità, ma la sua critica aveva pur intraveduto li svolgimenti successivi dell'arte d'annunziana, più dai difetti che dai pregi, più dalle qualità estrinseche dell'arte, e perciò elementi di successo, che dalle virtù essenziali dell'autore di cui vantava l'intuizione e la celerità del comprendere, ma si lamentava l'assenza del raziocinio, della esattezza, della sincerità.

DAVIDE BESANA, *Sommaruga occulto e Sommaruga palese*: con tanto di epigrafe da sicario: *Qui gladio ferit, gladio perit. Roma, presso Giovanni Bracco, Via Banchi S. Spirito, 56*, 1885. L'edizione unica è oggi ricercatissima ed introvabile; rischiara il d'annunziano sopra le vicende della Bizantina, della *Musa Febea*, un giornale, una Musa per davvero, dell'*Ezio II*, del *Don Chisciotte*, del retro scena giornalistico d'allora; vi troveremo anche la notizia più esatta sul matrimonio di Gabriele D'Annunzio, che proprio non so resistervi dal citarvi per lungo e disteso in nota.

In fine, quel bizzarro nostro F.T. MARINETTI, col suo francese esatto e scapigliato, turgido di imagini e furbo di insinuazioni, aveva voluto erudire italiani e francesi ad un tempo su le mille ed una curiosità d'annunziane, sì che la fatica di apprenderle non sta che nel piacere di leggere *Les Dieux s'en vont, d'Annunzio reste, Dessins à la plume par Valeri, Paris, Bibliothèque internationale d'Editions, E. Sansot*, 1908.

A rintoppar le lacune, tra testo e testo, ad infarcire dell'aneddoto corrente, a raccattar la spazzatura della camera da letto, del *boudoir*, della sala da pranzo, del salotto di gala, della cucina, della stalla, del giardino, dello studio di Gabriele D'Annunzio, una piramide di riviste, giornali, foglietti, fogliacci, d'ogni carta ed inchiostro e colore e malizia mi si era rizzata sul tavolo ad ingombro. Non aveva che immergervi le mani per ritrarle piene di D'Annunzio, in ogni positura, e di sul *Guerin Meschino* e di sul *Corriere della Sera*, il quale quando parla di *Lui* è più humoristico del confratello ebdomadario illustrato. Non c'era che l'imbarazzo della scelta; ché nessun uomo o donna pubblica fu mai servito con maggior sollecitudine, giacché li affari d'annunziani, in genere, sono pur quelli della gazzetteria rappresentativa e promiscua. E bene; con tutta questa esuberanza di informazioni e di documenti, qui, il lettore non potrà avere una *Biografia di Gabriele D'Annunzio*; ed io dovrò rinunciare, contrariamente al mio desiderio, di essere almeno una volta pedissequo ad una norma aristotelica, di essere ordinato secondo l'ordine dei più. Vi prego di compiangermi: il disordine non provien da me, ma dall'istesso soggetto ch'io voleva trattare.

Sentite un po': per scrivere la vita di alcuno bisogna avere un punto fisso, una data certa, una sicurezza nominativa assoluta; bisogna conoscere esattamente il dì della sua nascita, avere il documento del come si chiama, nome, cognome, paternità. Aveva tanto sentito discorrere sui diversi nomi d'annunziani, sulle diverse date della sua nascita che non mi raccappezzava più; che temeva sempre, qualunque ricerca avessi fatto e farei in proposito, di incominciare il mio edificio biografico su basi false. Che gusto allora, una volta aver costruito portico, saloni, terrazze e torri, e, sulla maggiore, issata la bandiera della solennità, trovarmi davanti al competente, il quale vi può gridare: "Tutto bene: solamente la prima pietra, il fondamento è su terreno d'alluvione; se viene a piovere e la ghiaja consente, vedrai dove scivola il tuo palazzo". Quest'era l'atroce dubio che mi tormentava.

E or l'uno mi diceva: "Non si chiama D'Annunzio, bensì Rapagnetta!" e l'altro confermava: "È D'Annunzio puro sangue!": quest'altro sosteneva: "È nato sulle tavole di una paranzella al largo di Pescara, proprio poeta del mare, sul mare!". E l'invidioso: "Non credergli, è una panzana!". L'informato veniva a leggermi un foglio su cui si confermava come il D'Annunzio fosse anche Rapagnetta e viceversa; com'egli avesse lasciato scritto di propria mano la data di sua nascita: 7 GIUGNO 1867, su di un *album calendario* privato, oggi, divenuto preziosissimo, perché condecorato da molti autografi di celebrità: ed io quasi a credergli. Il contradittore, invece, sosteneva che proprio D'Annunzio, il dì 31 agosto 1906, aveva affermato nanti alla pretura di Firenze di aver trentanove anni, sicché fatto il calcolo, oggi 1912, dopo sei anni, ne dovrebbe avere quarantacinque; ed io, con tanto lusso di date documentate mi credeva di doverlo smentire. Indi, l'uomo pacifico voleva persuadermi che D'Annunzio certamente era nato in qualche parte d'Italia in quella decina d'anni che corrono, dal 1860 al 1870; l'ironico mi eccitava a sperare, per mia pace, che fosse almeno nato nella luna. E sempre io a scervellarmi dietro una cifra, dietro un nome, quand'ecco una illuminazione. Raccontano che l'amico mio grande Paolo Troubetskoi volendo nella sua fanciullezza studiare *la storia romana* si era munito di un manuale *ad hoc*: ma lettone le primissime righe l'avesse gittato, ridendo. D'allora in poi ricusò di erudirsi in quella materia. Il manuale, forse il Rollin famoso, portava stampato in primissima pagina: "*Le origini di Roma sono oscure ed incerte*". Il buon senso del futuro scultore di cavalli, di imperatori, di filosofi e di belle signore s'era ribellato a sprecar tempo e fatica per sapere le avventure di un popolo e di una città di origini oscure ed incerte.

Ma vorrò io distruggere tutti i documenti d'annunziani raccolti con pazienza ed ostinazione per conformarmi al buon gesto dell'amico? Mai no: facendo il mestiere del letterato ne avevo riconosciuta comunque l'utilità e voi li ritroverete in calce alle pagine ed in nota al testo perché se *Biografia* non diedero, seguita e classica, siano motivi vissuti, postille all'opera criticata; donde l'opera e la vita si penetrino e si confondino in totalità e ne riesca la mia *Antidannunziana integrale*.

Varazze, il 26 Novembre 1912.

D'ANNUNZIO E L'HUMORISMO
(SINTESI)

Vi è una serietà accessibile a tutti; però a ben pochi è riserbata quella dell'humorismo (*Laune*): in quanto che essa richieda unitamente allo spirito poetico, una mente educata alla libertà ed alla filosofia, e quindi, in luogo dell'arido gusto, la più sublime considerazione del mondo.

GIAN PAOLO RICHTER

Ma, ora, per quanto, come vedeste, siano rimaste infruttuose tutte le nostre cure alla ricerca di quelle prerogative, per cui si stabilisce la genialità di uno scrittore e dalle quali si afferma l'onestà originale di un autore, non persuasi ancora dell'esito negativo, interroghiamo un'altra volta il carattere estetico d'annunziano, sottoponendolo ad un'altra riprova. Sia nostra pietra di paragone sensibilissima e squisita, sulla quale ogni letteratura stinge parte del suo metallo, perché se ne riconosca il titolo, *l'humor*: pietra nera e quanto mai simpatica, che impregna la sua superficie della materia di cui si vuol saggiare, offrendola al reagente dell'acido caustico, questa volta la critica, che ne darà il giudizio. Voi avete dunque davanti, in azione, due strumenti: l'opera, che è poi la vita di Gabriele D'Annunzio e l'humorismo; dovete accingervi ad una funzione di rapporto, segnare la preziosità di quella, al contatto di questo.

Vi risparmio i processi mecanici di gabinetto intimo, che vi sarebbero noiosi e che in fondo ripeterebbero il metodo ed il risultato che prima vi esposi ed alla scoperta del quale presenziaste tutti: profanamente, come direbbe un antico ateniese. Intanto, confricai, l'uno dopo l'altro, libri e libri in sequenza d'annunziana, insistetti col *Piacere*, col *Trionfo della Morte*, con *Le Vergini delle Roccie*, con *La Città Morta*, con *Il Fuoco* e via e via. Al tirar della somma, una leggiera sbavatura di metallo apparì alla strofinatura di quella famosa lettera *Ai Catoncelli stercorari*, dove l'ingiuria poteva anche accettarsi per ironia; ma è da tutti saputo che, ancora, tra *ironia* ed *humorismo*, vi è differenza di qualità e quantità.

Comunque, al caso pratico, noi avevamo operato per via di *antitesi*; di quella *antitesi*, che fu già per Carlo Cattaneo *metodo di psicologia sociale*, per me di *estetica*, secondo il quale *uno* o *più individui, nello sforzarsi a negare un'idea, vengono a percepire un'idea nuova*; però che *spesso la catena delle antitesi è una serie di analisi parziali, per cui le parti della analisi comune, dividendosi, aspirano a conquistare d'un abbraccio l'intero circolo della sintesi universale, o, almeno, la soluzione di un medesimo problema*. All'aspetto generale e completo, importò la conoscenza del fenomeno D'Annunzio a riprova:

I) come individuo, od humorista, negativo:

II) come espression d'arte falsa ed adulterata.

Vediamo. Carlyle mi disse, ed io gli credo senz'altro sulla parola, che non vi ha grande e geniale letterato, poeta, insomma, senza rinvenire nell'opera sua quel lievito eterno ed inesauribile di giovanezza e di commozione che chiamasi: *humorismo*. Per intanto, a questa pietra di paragone abbiamo saggiato l'opera d'annunziana e non ve ne scoprimmo traccia: ma, voi non ne sareste persuasi se partitamente non vi rendessimo partecipi e delle operazioni particolari e de' loro successivi risultati: non spaventatevi; non trattasi di analizzare sotto questo punto di vista speciale venti e più volumi; ma più tosto di rivelarvi il carattere negativo dell'autore e dell'opera sua in questo campo, di attestarvi che lo scrittore D'Annunzio esiste, ma non esiste il grande poeta che vogliono li altri magnificare. L'humorista è un passeggiatore solitario: è un genere a sé, non ha bisogno di seguito; non chiede dalla folla Seid o Gianizzeri; non desidera scuola né far proseliti, né essere per molti responsabile. Egli è un perfetto filosofo che vive la filosofia coll'arte emanata da sé; sa quindi qual conto mai far de' proprii così detti simili; non si avventura in loro compagnia, se non premunito o corazzato di aculei e di punte come un istrice e disinfettato con ogni regola dell'antisepsi per non contagiarsi al loro contatto. E però, venne a congedare i plurimi Seid, che sono infusorii pericolosissimi e patogeni di una vera malattia psichica di depressione e di mancanza di volontà; per cui ci si fa ad ostentare false grandezze ed ipocrite virtù, e ci inoculano il virus del capo scuola, del maestro; nomi che hanno in loro sempre un elemento apocrifo di ciurmeria e di ciarlatanesimo.

In vero, non abbisognava, nell'organismo d'annunziano, nato colla predestinazione atavica alli uffici del *baladin*. È insorto alla sua prima aurora, con grande strepito di tamburi e di trombette da piazza, cavadenti di letteratura: bestemiò, nei giorni dell'accidia e della turbolenza brigantesca l'Energheja; ma preferì, come mi raccontava Carlo Dossi – che in abito di Alberto Pisani e di ministro d'Italia ospitavalo in Atene – preferì i più sicuri fianchi dei piroscafi all'agile schifo del Boggiani. Però quegli ha costruito, nell'imaginario suo viaggio in *yacht*, molti versi delle *Laudi*; favoleggiò sulle serenità del mare, sulle sue furie, sullo sciacquio della scia, sullo sbandar della randa, l'inalberarsi della prora, lo sbatter delle vele, il gemere del sartiame, le treccie delle gomene, il vagellar frascheggiando della fiamma, lo stridere rauco delle zagole, lo sporger de' paranchi, la danza del papafico, la nomenclatura de' terzaruoli, il gonfiarsi delle gabbie, il serico lacerar l'onde del tagliamare, la rigidità de' pennoni e di tutto il resto...: però che al maggior albero friniva, come una locusta giallo-bruna, la cicala sacra ai geronti, essendo che la navicella era drizzata verso il Pireo e portava la poesia italiana nell'omarino Abruzzese;... che toccò porto avanti il Boggiani vi arrivasse col suo legnetto troppo leggiero e fragile, ma coraggioso alla corrente ed ai marosi dell'omerico mare.

Tal quale questo viaggio il nostro poeta ricanta il resto delle avventure ideali. Gli servono a pretesto per collocarsi di fronte, per la ciurma de' partiti, o di profilo, o di scorcio, o di sbieco, o deretanamente, secondo a ciascuno di quelli piace: presentasi a blandire i sogni di pigrizia o di ferocia, sa metterli tra la tema e la speranza, la grazia, il rifiuto, l'ammirazione, lo sprezzo: li obbliga a rivolgersi sempre a lui, e con quale barbara fatica, e con quale costante menzogna, nella vita, nella letteratura. Pare che ciascuno sia abbacinato in costui: questi pretende che, senza la sua cooperazione, nulla si possa effettuare in patria: egli è l'uomo grande, indispensabile, unico: ed il popolaccio gocciolone gli batte sotto le mani rappresentativamente. – Quale e quanta deplorata mancanza di dignità nelli uni e nell'altro! Sì; l'humorista può accostarsi allo spettacolo perché è di sua competenza l'osservare le ridicole disonestà, lo sfoggio delle quali avvalora la sua dignitosa probità e lo fanno maggiore: ma l'humorista non vi si presenta attore patico od attivo; sdegna di dire che questa sorta di vita è anche il massimo vivere, il miglior poema. – Batte l'altro il *gong*; dipinge in rosso ed oro le cifre della leggenda da *Tartarin* per il seidismo di ogni esagerazione: "Poetare la vita!". Al punto, il vero artista schiatta dalle risa; addita al suo fedele e provato amico la schiera delli auguri versipelli, versicolori, plurinominati; i quali, quanto più strologano e rumoreggiano, tanto meno sono degni di fede. Questa sì è bella e divertente fiera di sciocchezza, in cui si convitano li uomini sinceri e sereni; codesto è il mirabile spunto ironico e piacevolissimo che li avvenimenti ci regalano.

L'humorista è, nella vita sentimentale, l'uomo semplice di buona accoglienza; lo trovate migliore di quanto non appaja nella sua opera, perché, in questa, ama mostrare alquanto della sua naturale malizia, per premunirsi la debolezza affettuosa dalli inganni altrui. Tutto, nell'humorista, traspare lucidamente, senza sotterfugi, senza imbellettature che rendono opaco il volto ed il carattere; egli non posa: va lungi dalli spettacoli artificiali o li frequenta per amor di studio, per scoprire, nella folla, il dolore, nel greggie, l'eroe, per amare di più; dirige ed assomma, dalli spettacoli della natura, la sinfonia universale della orchestra libera e della simpatia, le dissonanze delle avversioni; le tonalizza alle sue personali facoltà, ne è l'interprete più prezioso e più esatto.

Un D'Annunzio, preso in categoria, accettato come esponente di una deformazione letteraria, incomincia ad ingannarsi: "Fa la vita come un'opera d'arte"; perché il suo intendimento su *l'arte* non è quello per cui *l'arte vive*; indi sbraita: "È necessario viaggiare, non vivere". E la sua logica – se può mai parlarsi di logica con lui – *sé capovolge* –; perché, anche la più plateale delle saggezze antiche ci vuol confortare a: "Prima, vivere, quindi, filosofare".

In queste trasposizioni di perversità, che forse non accorge, o se accorge esercita per jattanza e per stranire come un secentista, coll'atto, la sciocchezza contemporanea, cioè il suo pubblico; – in queste deviazioni del buon senso, egli crede di recitare la maschera o tragica, o erotica, od ascetica della sua letteratura: crede il poeta abruzzese d'essere insieme un qualche cosa di sontuoso, di stravagante, di fatidico, un acuto prosettore di sentimenti e di passioni, sdrajate sulle bianchissime e marmoree tavole della psicologia sperimentale, della necroscopia e della vivisezione; intorno alle quali egli pontifichi la scienza nuova tra il cabalistico, l'officiante liturgico e l'anatomico, tra il professore, l'artista e l'occultista. Egli fa vedere di voler essere tutto questo, dalla posa, dalla intonazione, dalla voce, dal modo di vestire, ma non riesce che a farsi accorgere, pressapoco, così. La sua ambizione d'artista gli ha fatto gomitare e strofinare, vicino a questa meta, la persona; fors'anche vi si abbatté contro; la furia della corsa, – è *necessario navigare, non vivere* –, lo fece scivolare oltre il segno, fuori di pista, dove non vi è classifica, né di partenza, né di arrivo. Perché più che attendere al capolavoro, coi mezzi vecchi e nuovi di cui dispone un poeta, egli intendeva definire e ripolire a perfezione *l'opera d'arte – sé stesso*; ciò che è molto più difficile; essendo che la natura stessa si incarica di questa statua animata e magnifica, e, quando la si contraria, come usa fare il D'Annunzio, non solo non ci si perfeziona, ma si sciupano quelle diritte virtù native di cui ci aveva donato, non per scialaquarle o per lasciarle poltrire, ma per usarne a migliore e maggior profitto nostro e d'altrui.

Il poeta delle *Laudi* può far galleria, ritto sui coturni de' tarsi speronati, *Chantecler*, sfidando tutti i rimproveri, perché il suo *bovarysmo* pretende di mostrarlo per quello che vorrebbe essere letterariamente, un *quid extra*, fuori concorso, fuori del mondo, oltre il ragionamento, nel limbo della intuizione: prigioniero di questo errore di massima del suo orgoglio, attestò sempre e continua ad autenticare, più che l'arte sua colla sua vita, la sua leggenda di perversità, di dissipazione, d'indifferenza superba, di crudele dilettantismo; leggenda che si inostricò sopra la realtà, che l'avvolse di calcare madreperlaceo, e, lucendo, soffocò dentro l'umile e sano mollusco, forse non rispondente in tutto all'imperialismo estetico d'annunziano, ma più utile ed onesto produttore. E codesta trasformazione, o meglio inversione, a cui riuscì, gli impose la necessità di ripetere, nella vita e nell'arte, – perché l'imaginazione umana ha pur un limite, anche per foggiarsi gli *hors nature*, le eccezionali creature di lussuria e d'isterismo, di inutile egoismo e di incesto – la fanfarona parata del vizio; tanto più vizio, in quanto lustra multicolore d'esso, in quanto ancora insincerita.

Se a questo avessero badato i maldestri suoi ammiratori, che cercano di inalzarlo a rappresentante dell'anima poetica di una razza e di un'epoca; se avessero saputo discernere subito quale era la lode ed il successo, cui l'abruzzese desiderava meglio di ogni altro; se avessero inteso il suo coraggio esagerato pel reclamismo e la sua necessità di lavorare per sostenersi, a definirlo non avrebbero scomodato la storia e Dante, la Rinascenza, la psicologia e l'erudizione. Nel ritmo della letteratura italiana, due volte ci imbattemmo in tipi di quasi uguale timbro, ma di valore maggiore: nel divino Aretino, grandissimo per il cinismo e ripieno di quel humorismo cui nego a D'Annunzio, ma che insegnò anche a Carlo Dossi per *La Desinenza in A* – nel Cavalier Marino. Se oggi, poi, noi ci chiniamo ad osservare il flusso ed il riflusso della letteratura francese – vi si affaccia – e forse sono io il primo che ne cita il nome – Jean Lorrain, di cui l'angoscia della lunga agonia riscattò lo snobismo: Jean Lorrain che ha nome più grande del necessario nel *Tout-cabot-cosmopolis-littéraire-snobisme* – più piccolo del vero, in arte. Quando anche li altri cominceranno a veder bene nel caso D'Annunzio, lasceranno da parte le comparazioni con Eschilo e Shakespeare, con Tolstoi e Dostojewsky, con Dante e Carducci, ché i termini dovranno essere, molto ma molto più rimpiccioliti, riducendosi alla piccola statura caprina e faunesca del tondeggiante e cinquantenne *jeune poëte italien*, come lo chiamano ad Arcachon: qui, non siamo di fronte ad una divinità, ma ad un *gri-gri*, a cui l'ignoranza, li interessi plurimi, la malizia, l'orrore alla fatica intellettuale conferirono prerogative e virtù inesistenti, efficacia e scongiuri da porta-fortuna e da *mascotte*. Né, per quanto le occasioni fossero mancate fin qui per dimostrarne li errori, le deficenze e le menzogne; troppo insiste una specie di massoneria di mutuo soccorso intorno a lui, perché, col cessarne il traffico, la verità si scopra così com'è argutamente deforme: l'umile e rozzo ed onesto mollusco dalla piccola chiocciola, dal piccolo ufficio, dalla letteratura regionale e naturalista di Abruzzi, di *San Pantaleone* e delle *Novelle della Pescara*, di *Terra Vergine*, di *Canto Novo*: e non di più in là.

L'humorista è l'uomo lietamente infelice: può chiedersi in ogni momento: "S'io fossi felice sarei più lieto?". E rispondere: "No". Si accontenta del poco? Mai più: egli possiede il massimo; si conosce benissimo e dietro a questa coscienza persuasa di sé stesso giudica li altri: sofre dunque nello stesso momento in cui ha ragione di provarsi la propria superiorità.

D'Annunzio non è un infelice; non riflette sopra sé stesso l'anima collettiva; non può giudicare, perché, nello spirito della folla, ha smarrita la sua, conglobatovisi. In che è egli superiore de' suoi ammiratori? Li ammiratori, storditi dalla sua musica, per cui non possono afferrare ciò che dicono le parole, non lo sorpassano di un pelo: donde ci accorgiamo che a lui mancò la grazia dolorosa di aver soferto più di loro, sì che non ha saputo raffinarsi, nell'angoscia morale, il carattere. Soferenze, le piccole contrarietà della vita? L'appetire ed il comperare quanto le facoltà non permettono? quindi far debiti ed il non poterli pagare? La vendita della Capponcina? Li scandali donneschi? Le liti giudiziarie? – Ma un qualunque disonesto commerciante, od impiegato, può imbattersi in queste disavventure. Il dolore del poeta è un dolore universale come la sua gioja: eccovi Dante e Foscolo a proposito, Lessing e Verlaine, Byron e Rimbaud, Leopardi ed Alfred de Vigny: tanti tipi massimi, tanti massimi dolori che clamarono la propria passione necessaria per loro e per li uomini, che ne sanno comprendere la purificata, angosciosa bellezza.

"Pur troppo l'uomo di genio", ci avvisa Heine, un altro grande mordace e sorridente infelice "tolta di mezzo anche l'altrui malvagità, racchiude in sé il più duro persecutore di sé stesso; ed ecco perché la storia delli uomini grandi è un vero martirologio". Pensate! non poter accordare il proprio altissimo pensiero a quello pigmeo di tutti! Non concordare colla folla, che, pel numero grettissimo, è pur la despoina di tutto, anche della madia del pane? Quando si è in queste circostanze – di non poter *essere utili*, o di *repugnare* a *divertire* – diventa logicamente divina anche la morte per fame.

Ma D'Annunzio è scioperato perché scialaquò; ma a lui venne d'ogni parte fortuna, sotto veste di amanti, di ammiratrici, di impresarii, di editori, di folla in palchi, in platea, in piccionaja, cosmopolita: egli ha sempre vissuto più che riccamente anche in miseria; a farlo simpatico gli mancò la grande passione, a non dargli torto la sua sfacciataggine. Vorreste forse farmi comprendere che quelli altri disgusti, gonfiati dalla *réclame* perché gli rendessero meglio, si possano chiamare: *Il Martirologio di G. D'Annunzio*? Non basterebbe l'altro del *S. Sebastiano*?

Può dirsi di lui, per continuare la citazione dell'Heine, come per Lessing: "Mirabile, che, essendo egli in Germania l'uomo più arguto, vi fosse anche il più onesto? Mai non avrebbe transatto colla menzogna qualunque potesse, coll'osarla, come i sapienti dozzinali, agevolare il trionfo della verità. Chi mai badasse, disse un dì Lessing, ad apportare all'uomo una verità sotto qualsiasi maschera o simulacro potrà ben dirsi di quella il ruffiano non già il vero amante". Ma voi già sapete che D'Annunzio è il *tipo del mentitore eroico* e che per null'altra ragione io gli muovo contro.

Per forza deve mentire: non è in possesso dei mezzi per cui si raggiunge il vero; non ne detiene l'istrumento razionale e logico, perché è bestemia affermare che la verità non esista, ma è pur tragicamente doloroso, che, col cercarla la si trovi. A che dunque sofrire? Il genio è obbligato alla soferenza, perché non può viver se non cercando la verità: D'Annunzio non trova ciò necessario. *La Verità*? Nel pozzo, nuda: non deve risorgere terribilmente formidabile per chi la riscopre e per li altri. L'Abruzzese non sa concepire la *missione* di essere sincero, cioè di vivere bene almeno coll'arte: a che gli gioverebbe? Ma, sopra tutto, sarebbe egli *capace di vivere come il genio*? Egli non è dunque preso *dall'Idea*, ma dalla sensualità plastica, formale: egli può dirsi d'essere schiavo della *maestria* e della *formalità*. Non può chiamarsi né il rappresentante di un'epoca, né di una razza: l'epoca e la razza hanno procreato intelligenze superiori alla sua, plasmati avvenimenti ch'egli non ha saputo comprendere: la parte più bella del nostro tempo, che è il suo, gli è sfuggita, le pagine più belle e nobili non lette, i sentimenti più cari e più generosi sconosciuti; il coraggio civile del sacrificio ignoto. Che riassume? Il fremere del senso, della cupidigia, della vanagloria; il farneticare del successo immeritato? – Egli potrà far scuola voluttuaria di apparati, non leggerà lezioni in Ateneo, ma darà norme da bottega; egli è orbo d'ogni filosofia e d'ogni amore, perché le sue comode facilità disprezzarono ogni messianismo e risero le sue labra in faccia all'umile ed ispirato pastore Amos, quando si mise a predire dietro la voce: "Or vanne e fammi da profeta!"

D'Annunzio può presumere questo ed altro; può credere che il Gran Pan gli abbia commesso lo spirito e l'organo di manifestarlo alla modernità. Ma che dire, dopo che li altri avevano tutto scoperto? A che pro' vestirsi di battaglia per conquiste già assodate? È questo D'Annunzio il gladiatore forzato a combattere od a perire? Per chi? Per quale cosa? Per quale libertà? Per la sua licenza? Di quali idee foriero? A ricercare, tra le femine ed i maschi, il mecenate che assoldi per singolare e solitaria dilettazione, oggi, che né meno il popolo può sovvenire all'arte; non perché non possa più comprenderla, ma perché tutti li istrioni lo hanno accaparrato, rendendo più folta e più negra la sua ignoranza? Egli ha fatto divorzio tra l'essere ed il *parere*, tra *l'idea* ed il *fatto*; ha contravvenuto alle leggi biologiche della vita e dell'arte; ha separate e capovolte le norme, credendo che testa potesse servire al posto de' piedi e viceversa. Con ciò sperava di far nuovo, in ricerca di valori inediti, come Nietzsche; ma vedremo, come avendolo mal letto lo ha peggio compreso. Un'altra volta, si accorge come il disprezzare ed il non essere capace di considerare sotto un binomio inscindibile *Pensiero ed Azione* importi una fatale umiliazione nell'artista. In questa forma solo riesce l'umanità a compiere il proprio destino, l'artista a creare totalmente la propria opera; nell'uno, abbiamo la bussola, nell'altra il vento, e, nei reciproci loro rapporti, la franca e libera rotta della nave. – D'Annunzio è solo poeta di azione, – anzi di aggressione; nominalista impresta da tutti l'idea, quando non sia anche la forma per la fabrica, materiale indispensabile, concetti già battuti e squadrati pronti alla *messa in opera* cui occorre solamente lavor di cazzuola e mastice di calce, facilmente da lui apprestato coll'ajuto del vocabolario. Egli, quindi, è tagliator d'abiti in istoffe altrui, perché il concetto di quell'abito gli è sempre embrionale, non gli viene mai a maturanza; sì bene nasce quando trova che è già nato in forastiera bottega: donde e di qui le maniche, e di qui i risvolti, e di qui la fodera... etcc.: il guarnello d'Arlecchino è composto. Egli sente in sé palpitare la creatura, un aborto; perché questa veda la luce, deve ricorrere a molte plastiche mammane, ciascuna delle quali dà del suo: egli non è quindi l'ebro del concepimento, del parto grande; è l'indeciso che teme il nascituro non gli sia un mostro. Questa indecisione, questa paura per farsi ammettere ad operare ricorrono alla menzogna massima: cercano di dar bell'anima a membre composte bene, ma disgregate; domandano *le idee ai periodi*.

L'artista opera diversamente; sofre il raccapriccio di vedere che il corpo da lui creato vuole a sé imperiosamente un'anima. Ed ecco che la sceglie nella folla confusa e tumultuante che reclama e perseguita: ed è l'unica che può vestirsi delle sue carni: è la *assoluta* che gli spetta; è il pensiero che pareva assente dalla parola, che indi si rivela e vibra, quando la parola è già un gesto, quando questa parola, che sembrava immobile, ha trovato la vita, e, d'embrione o crisalide, si fa germe sfoggiato, farfalla. Pareva a tutta prima che non esistesse se non il vocabolo: ma dentro lo pervase l'energia: sono dunque nati insieme: è il pensiero che esige, immediatamente, l'azione: ed ecco il *Verbo*. L'artista, come il Jehova biblico, non fa che *pronunciare il proprio concetto* affinché il mondo si organizzi, affinché *si faccia la luce: il mondo*, dice Heine, *è la segnatura del verbo*. D'Annunzio ha preparato, invece, colla sua espertissima manualità molte lampade veneziane e giapponesi, ben dipinte, bene istoriate, magnifica carta: ma le fiammelle che le ravvivino, dove? Le cattura, all'azzardo di letture, di reminiscenze, pensieri di tutti, stille di fuoco e fuochi d'anime sprizzati altrove, zoofori estranei: li infigge dentro alle sue lampade. La curiosa illuminazione! Rende bujo più della oscurità. Come è confuso il periodo, come è traditore il concetto, come è tenebroso per essenza. Che dice, che vuole? Come mente! Credete a me: ci si accorge subito del *parvenu*, dalli abiti *non suoi* che indossa. Non suoi: li ha pur pagati, ma non gli si addicono; e il venturiero, che poteva essere elegantissimo in veste di *boucanier*, se vuol fare il gentiluomo od il filosofo, vuole mentirsi e mentire; donde un violento, un aggressore che giustifica, colla sua impudenza, la mancanza del diritto di proprietà: egli temeva d'essere sorpreso, grida più di tutti il sacrosanto dovere di difendersi dai pirati. Non credetegli: sa che è in mora, che è in bando, perché non può avvalersi del documento del *pensiero suo*. Allora urla e squinterna Nietzsche, ed incomoda Stirner; un'altra menzogna: gli gridan tutti "*Non è tuo, non è tuo*": la malleveria è povera ed inutile. Gli è che D'Annunzio è poeta d'azione semplicemente; ha violentato il binomio sacrosanto *Pensiero ed Azione*, e, perciò, vivendo male, cioè pensando male e volendo scrivere bene, non può che defraudare altrui di belle vite monde e sincere, per infagottarle nella giornea d'Arlecchino, ricucita da lui, ma stagliata nella stoffa dell'arte non propria: e però egli è l'eroe della menzogna.

Coll'essere l'eroe della bugia, non significa esserne il filosofo: anche qui, *l'azione* importò la mancanza del *pensiero*. Noi avremmo con piacere ammirato la costruzione architettonica di un sistema, che avrebbe dato sapor d'arte al pragmatismo di americana efficacia. Per D'Annunzio basta agirne le conseguenze: vi ho già parlato in proposito di *puff* e *bluff*, e non conviene ripetersi. E pure, altri più acuto di me, ha scoperto che coi suoi gesti muscolari, veramente disordinati, ha foggiato una filosofia: questa è che non assorge oltre il suo ventre, e, dal idealismo nietzsciano, il quale continua nientemeno Platone, estrusse la teoria della santità del delitto. L'humorista prende in parola l'adulatore e lascia cianciar l'adulato.

Ci fermeremo alla sua *Lettera contro i Catoncelli* ed al relativo *Più che l'Amore*, a certe pagine del proemio delle *Vergini delle Roccie*, a certi mal sagomati imparaticci del *Trionfo della Morte* e via via. Lo sentiremo biascicare e balbettare esotiche parole filosofiche; vi si parlerà di *giorno di trasfigurazione*, avendo messo a profitto il suo Nietzsche che intende alla rovescia. Nella sua dramatica, due sono ed unici i principii emotivi: la lussuria e la superstizione; le sue facili liriche e prose romanzesche si svolgono con poche varianti su questa trama e dimostrano la pochezza della sua imaginazione; vi troviamo l'incesto, pieno o quasi, ed altre forme di bestialità – *bestialitas* nel senso della morale teologia. Così, i due fenomeni più rudimentali, più selvaggi della coscienza umana son presi a partito per il suo *pathos*, non di raffinato, ma di invertito. Se tutto ciò chiamasi suscitar l'*emozione di pensiero* vi domando che cosa ci farà provare per esempio, L'*Elogio alla pazzia* di Erasmo.

Ma il peggio si è quando s'abbranca a Zarathustra. La carne bruciata di lussuria di *Terra Vergine* venne a plasmare il sadico morale Giorgio Aurispa; il disprezzo per il pubblico si ridusse al solitario vizio delle figurazioni, delle pratiche sconclusionate, della ubriacatura di bizzarra facilità. Il delirio declamò esasperate nomenclature: lo scopo apparve: *poetar l'esistenza*: vivere significò pure uscir dalla legge naturale, compiacersi di un delitto che soddisfaceva l'avidità della fama, essere, ad esempio, Corrado Brando.

Costui trovò in Italia gente di sua taglia che lo approvò: si valevano. Lo pseudonimo di *Rastignac* influì sulla penna di Vincenzo Morello, ed il suo patriottismo divenne facinoroso e brigantesco. Anche quello del suo gran poeta D'Annunzio. Per allora, egli si compiacque di aggiungere il suo grido al coro delle vere birbe internazionali, dei veri cialtroni nostrani, che, col pretesto di compitare a stento il nome del filosofo tedesco, credevano di metterne in pratica le ragioni. Nietzsche non può coprire colla sua autorità, l'impulsivo che uccide un vecchio usurajo per derubarlo di quanto gli manca onde recarsi a meravigliose avventure coloniali – Brando –; e Paul Adam ha ben compreso che non poteva innocentare il suo Chambalot di *Mouettes*, commesso viaggiatore di prodotti chimici e iperuomo da *boulevard*. E pure, questi due fratelli uterini, che sono il *nero* ed il *bianco* dell'ipotesi nietzsciana, ebbero i medesimi fischi dalla platea romana e parigina: non errò Roma, ma si coperse di ridicolo Parigi: l'Italiano meglio comprese l'atroce parodia che la tragedia, oggi, sopporta e dura: il Francese, più guasto, diede dell'imbecille a Chambalot che si lasciò vincere.

È inutile dire che il filosofo rimase con Paul Adam; che codesto violento distruttore si compiacque di chi aveva saputo rifabbricare, dalle sue rovine, attestando che l'iperuomo è colui *che si sorpassa*, in quanto, come l'autore, stoico, ha vinto le proprie passioni. Nietzsche s'avvia *alla santità* per il cammino opposto col quale credé avvicinarsi Cristo: il risultato è identico, la moralità umana e naturale scaturiente, perfetta. D'Annunzio, che sarà per tornare a brancicare nelle sanie e nel sangue dilagati dalli in-folio de' Bollandisti, e schiumeggerà la passione del *San Sebastiano* dopo che quella di *Fedra* bestiale non lo aveva abbastanza commosso, D'Annunzio credeva che il superarsi in un uomo civile del secolo XX sia l'uccidere un vecchio che non sa difendersi e derubarlo. Ciò è puerile e disgustoso: e come ha fatto a credere che fosse anche bello? Gli sfuggì la frase dalla *Gaja Scienza*: "amo coloro che non cercano delle ragioni per morire e per offrirsi in sacrificio e li altri che si sacrificano alla terra, perché questa appartenga un giorno all'*uomo grande*"? È *grande* un assassino! Questo è grande: "Sii tu il vittorioso, il vittorioso di te stesso, padrone de' tuoi sensi, sovrano dispotico delle tue proprie virtù!". Decisamente, Corrado Brando è un fanciullo vizioso e mal cresciuto: ha confuso il pugno poderoso coll'energia che emana un'idea: tanti altri confondono istessamente, che quegli sia il figlio più caro della psiche d'annunziana.

Non so, allora, se usando di questi successivi procedimenti il nostro autore ci possa convincere, farci propendere al suo giudizio, perché, mi pare, che non abbia potuto commuoverci: le sue parole *dicono meno* di quanto *suonano*; sono enormi nell'aspetto tipografico e vocale, ma vuotissime se interrogate dalla logica, dal buon senso e dal sentimento. Per altra via, l'humorista ci punge, il cuore attraverso la mente; ci eccita la mente col carezzarci il cuore: egli sa intonare una semplice, grave, piana e profonda canzone di quelle cui amò Foscolo:

.....Orecchio ama pacato
La Musa e mente arguta e cuor gentile,

però che l'humore, e, lo vedeste, sgorga dalla Filosofia; la quale zampilla dal sentimento; e, per essere efficace, richiede la sicura conoscenza di sé stesso, quando, col suo essere sentimentale e razionale, non si confonda nel mondo esterno, né coi principii generali della ragione, cioè, sia *coscienza in sé commossa e riflessiva* nello stesso tempo; sappia, insomma, nel momento che va successivamente trasformandosi, il perché si trasformi, così o lo ammetta o lo rifiuti, giudichi e *si esponga nel potere e nel fare*: Pensiero ed Azione un'altra volta.

Avete mai sentito vibrare dentro di voi, fatto sentimento vostro, un suo verso, una strofe sua, un suo periodo? Avete mai accorto, nell'opera sua, un motivo di melanconica dolcezza, una esclamazione di pura allegrezza divina? Vi può mai, per quante volte lo abbia tentato, ricordare Byron? – Egli ama troppo il presente per far cosa degna della eternità, di cui si dice avido. Ed, al fatto, odia od ama l'uomo? Lo sfrutta. Perché tutto sfoggia ad allettamento; in bacheca più mostra che non abbia dentro; così non ha bisogno di difendere come Byron e Boerne e Gian Paolo e Carlo Dossi il suo tenero cuore sotto una spessa armatura irta d'aculei, impiantati per schermo e biasimo, tal che non possano le bestie avvicinarsegli troppo per morderlo a sangue; D'Annunzio offre a tutti sconciato e flagrante il suo, come Gesù quello sacro in fiamme che palpita pel primo passante perché, inocuamente, dipinto di sopra al camice rosso: tanto è carbone e cenere; e, se distribuito metodicamente in comunione a tutti, si risolverà in nulla, l'autore può viverne senza, perché senza ha sempre vissuto.

Anca el Torototella el fa el poetta,
Ma, ovej, la gent de coo ghe dan la dritta
Pussee che ne al Choléra e a la Boletta,
E i biricchitt ghe saren a la vitta;
"Dai al Strolegh, al Matt; voj, quest l'è sceff!"
E, se 'l vosa, ghe tocca anca del reff.

Sì che egli può accomodarsi, in casa sua ed imposterà, ai cuscini, il motto: "*Per non dormire!*"

D'Annunzio ha paura del silenzio, della solitudine, del sonno; ha paura sopratutto di riflettere, dell'atto di pensiero e di coscienza che lo piega sopra di lui in meditazione; egli teme di sapersi, perché sa già di trovarsi povero, egli, che si millanta ricco. È il *melagrano* dai chicchi acidi e scricchiolantisi, dalla buccia coriacea e raggrinzita come un cordovano spagnolo danneggiato dalla vampa; è il frutto asprigno, amaro e che non ci sazia, sterile ed isterico, che ha preso in divisa figurata. Carlo Dossi, invece, il *cardo*: vi leggerai sotto "*Guarda al cuore*". –Nel primo, già, non troviamo nulla; nel secondo, tutto è polpa e dolcezza ben difesa.

Ma l'involucro del melagrano è pure a simigliare una armatura dorata e rubricata, è veste di parata di guerra e d'utilità, è difendersi, colle apparenze della ricchezza, della potenza; pretestare, dall'abito sgargiante, la grandezza delle proprie funzioni, che sono minime e brevi. Imagini! E perciò che l'Abruzzese adatta i suoi piccoli gesti alla lussuosità dell'abbigliamento; e ci si mostra sempre in pontificato, sempre in retorica, sempre serio e compreso. Dovete credergli, non sorride mai; declama e domina; cioè, crede di dominare; deve sforzarsi a recitar la sua maschera finché si trova in pubblico, finché ha terminato di far sgolare la sua tragedia, di far leggere il suo romanzo nuovo, di far scandere l'ultimo verso della sua ultima canzone. Egli, per non tradirsi, deve sempre esporsi così in mitria e grinta imperiale; non può sorridere con abbandono d'animo, con confidenza in sé e nelli altri, non desidera che di stordirsi e stordirli. È massimo Tartufo, un altro Ipocrito aretinesco, una categoria speciale ed interessantissima; come una ballerina matura, non oserà mai balzare, per nessuna contingenza capitale, né meno per le fiamme che le minacciano la casa, dal letto, seminuda, senza previo rafistolamento cosmetico: più tosto, alla ribalta ben accomodata, mostrerà *decolleté* e *rétroussé*; ma non è pelle la sua, è maglia di seta, è belletto, è cipria, è tintura.

Con simili artifici di necessità, tropi inerenti ed organici al suo carattere poetico, come volete che sia D'Annunzio, un humorista, quando l'humorismo è l'abbandono cordiale e passionato della sincerità, del troppo pieno che sofre e gioisce; è la filosofia umana fatta passione e poema? – Egli non ci potrà mostrare che quella arguzia dozzinale, starnuto irritante dell'intelletto, quelle misere rappresentazioni volute a stento, stitiche e meschine, quel riso che suscita "un cane da caccia che abbaja dietro la propria ombra, una scimmia in giubbetto rosso, che, a bocca aperta, ammirasi tra due specchi; povero humorismo bastardo procreato dalla pazzia e dalla ragione intente, sulla pubblica via, a contendersi il predominio delli allocchi".

Il predominio letterario, poi, che, sotto l'eufemismo dell'arte, mira a conservare il *trust* del mercato de' libri! Un'altra mancanza di sincerità; parlasi di ideali, dei diritti dell'arte, per conservare i privilegi della borsa, avvantaggiati dalla ignoranza e dalla malizia, covati dalle leghe editoriali, dalle chiacchiere dei follicolarii salariati. Ad altro non para l'*Epistola ai Catoncelli*: è il ballo della scimmia e dell'orso sul *tam-tam*: ai lazzi scurrili si raduna folla: è l'humorismo che fa per lei e per D'Annunzio: il quale crede forse d'aver superato Aristofane "come fu studiato da Platone e dal Crisostomo; e, poi, trovato sotto i loro capezzali, servì ai capezzali delli altri, e, come tale, si dà a conoscere sempre, quand'anche costoro fossero più sinceri, appalesandosi, ancora una volta, spoglio delle greche costumanze, sempre sé stesso – Aristofane". Eh, sì! L'altro si limita a plagiare Alfieri, *L'Arbre* di Paul Claudel, Flaubert, Nietzsche, *La Vie de*

Beethoven, Les lettres d'amour d'une anglaise... e che altro...: e perciò può darsi benissimo che si creda, o lo credano un humorista.

No; non vi è humorismo nell'opera d'annunziana perché non è mai stata passata al lambicco della saggezza e dell'amore, sì bene in quello della di lui vita di fanciullo dissipato e vizioso. Il suo verso e la sua prosa accettano invece e cercano di coonestare tutti i piccoli motivi della sua fragilità, che sarebbe anche simpatica, se si mostrasse nuda e s'egli non se ne vergognasse, portatosi in sull'epica a fare il classico. E però, è nei suoi puri gesti di voluttuoso, di disinvolto, di facilone, di indiscreto, di spregiudicato che si rilevano le tare organiche del suo carattere e della sua letteratura, qualche volta eretizzata al segno di raggiungere la inversione e la immoralità: è, dal feroce contrasto tra la sua enfasi scintillante, che riempie di sonorità le platee, ed il suo vuoto morale, che riesce per il critico-filosofo-humorista la presenza e la persona d'annunziana.

Vana fatica: la sua eccellenza sperimentale ed analittica può giovarsi de' più squisiti strumenti e delle più astruse combinazioni psicologiche; ma l'analisi morale dell'autore, dopo quella glottologica e logica, non darà mai risultati dentro cui si rilevi traccia d'humorismo agito. Tutto manca nel carattere d'annunziano che concorra a sviluppare i necessarii elementi soggettivi ed oggettivi in cui è riposto l'intimo sentire del proprio IO, in rapporto coll'ordine psicologico generale e coi fenomeni avvicendantisi nel mondo; sì che, in gara, la coscienza individuale cozzi e ributti per poterli determinare – parte di sé – soggetti, e non si plachi di sentirsene diminuita. Nulla, nel cantore delle "*Laudi*", manifesta quest'arduo conflitto, per cui la mente attesti anche, nel più umile fatto osservato, l'esistenza della legge universale; il cuore, il proprio partecipato affanno nella gioja e nel dolore; emozione di pensiero, emozione di sentimento, che si fondono nell'humorismo. La frase dell'autore di *Forse che sì, forse che no*, per quanto ricca, per quanto sonora, per quanto abbagliante, non fa scattare la scintilla, che, illuminando, apporta ovunque la vita e l'amore, il fuoco di Prometeo, lo spirito di Pigmalione. Egli può baccar dionisiacamente, ma Nietzsche, che vanta improprio maestro, gli nega la facoltà di farsi vedere commosso, mentre cerca di commuovere altrui: il mostro Guymplaine è più grande dell'agiografo del *San Sebastiano*; egli possiede quella virtù che invano impetra il Pescarese; questa virtù d'amore che splende e razza in luce, attira, calamitata, i più discordi elementi; li fonde, ne fa un braciere inestinguibile, ne colora il firmamento, si incurva in sull'arco dell'iride settemplice; è unica e plurima come un mistero teologico; ma riallaccia il cielo alla terra, riaccosta ciò che l'odio e la malvagità hanno disgiunto, ciò che il troppo ed il nulla amare avevano fatto inimici, separati, in apparenza, per sempre. – Lo spirito letterario d'annunziano, crea invece differenze e sospetti, aumenta ed inciprignisce soluzioni sanguinose di continuità.

Se non che il critico-filosofo si mette fuor di tempo e di luogo a sermoneggiare l'artista e l'epoca ed a predire il ridicolo di cui li vestirà la storia: oggi ha torto; ciò non significa scusar tempi ed uomini. Egli può aver riconosciuto come Boerne che "il motivo, per cui vediamo la stoltezza e la volgarità accapparrarsi i posti migliori, consiste nel fatto che quelle seguono la via che tosto guida alla meta, senza curarsi se sia sudicia e lubrica". Ma davanti al successo immeritato che avvelena l'atmosfera della contemporaneità, come un farmaco mortale lambiccato ad inganno dalle gazzette e raccolto nelle fiale officinali governative, quel critico-filosofo può reagire e proporvi ancora con Boerne e tutti quanti si sentono onesti "che *non vi ha altro antidoto che l'orgoglio*: Siate orgogliosi; pensate sempre di essere alle prese con persone da voi spregiate, perché di poi sia a loro tolta la facoltà di screditarvi: ma statevene alla lontana. E siccome per farsi credere forte convien farsi udire a ruggire, e, voi ruggite, come leoni e brontolate e non da burla venite alle prese, e graffiate, e mordete se vi si avvicinano. Se vi mostrerete affettuosi; se direte di comprenderli, di scusarli, se li ajuterete a difendersi, siete perduti: incomincerete a dubitare di voi; per amor del prossimo, concederete benignamente menzogne; ed il malizioso disonesto vi divorerà".

È per questo ch'io appajo sempre in pubblico ed in privato nudo, colle armi sole dell'orgoglio a difendermi ed a offendere: sono una sincerità, che si mostra colla testa medusea terribile e magnifica; cui se scopro in faccia ai nemici arrestano ed impietrano. Mi ha più servito in questa occasione, per quanto la mia avventura sia stata negativa; nel cercar l'humorismo, trovammo il semplice epigramma, nel cercar la purezza commossa, che risponde al sentimento del lettore, la vena limpidissima, che scaturisce dal cuore direttamente, ci trovammo in un ampio glossario. D'Annunzio, al posto del cuore, non ha che tomi scompagnati, benevisi dalla Crusca e capricci da scolaro-prodigio: costui non ci ostende, femina comune, che un sesso slabrato alla avidità del successo rimuneratore; molto produrre a machina, molto vendere, moltissimo ingannare: San Paolo urla "Fornicatore!".

Il critico-filosofo ride e vi consiglia, invece, di accostarvi, un'altra volta, alla sapienza dell'Apicio, che sa imbandir cene degne di Trimalcione. Fatevi con lui alle mense; mangiate e bevete insieme; egli è riconoscente a quelli che gli lodano le portate e li intingoli: non è seduto al banchetto fortunato della vita? Quanti poveri biblici chiedono miche alla porta del ricco Epulone; quanti Cristi da strapazzo della letteratura non hanno confezionato, in versi, bombe anarchiche? E pure, mangiate in compagnia. Pascetevi delle carni succolenti e rosee, ben manipolate, in uno stagno odoroso di pimenti o di conserve, in una dorata rosolatura al forno, in un profumo degno di Brillat-Savarin, leccornie preziose alla mensa borghese, *avantgoût* di piatti più forti, di creme, di sorbetti alla vainiglia; questa è la prosa e la poesia d'annunziana: come prodotto di culinaria disposto alla ghiottoneria più che alla intelligente golosità; che altro suggeriscono? Per trarne delli elisir di virtù suggestiva e suscitatori d'emozioni di pensiero, bisogna assaggiarli ed interrogarli colla erudizione e la originalità di un Des Esseintes: ma non tutti possono fare l'Huysmans di un D'Annunzio, perché il critico, se fosse di tal fatta prestigioso, penserebbe più tosto a produrre originalmente, non a compiacersi di riveder le buccie ad altrui.

E però, io ho terminato collo stancarmi nell'esercizio raffinato di analizzare la composita cucina, di ricercarne le materie prime, di stillarmi l'imaginazione dietro il leggiero aliare de' loro profumi, per correre lontane avventure d'esotismo erotico; oggi, non amo più la trucolenza adiposa e floscia del comporre, che non sa esprimere, da ogni parola impiegata, il suo spirito vitale, il suo concetto, il suo intimo sapore. E forse, oggi, io mi son uno, che, già distoltomi da Alessandro Manzoni per incompatibilità di carattere filosofico e politico, vi ritorna per gustarne la magnifica prosa schietta, snella, elastica, robusta; e, nel ricordarlo, voglio che lo accettiate come un principe dell'humorismo lombardo, ché tale fu sopra tutto per il suo stile.

Davanti a Manzoni non accorgo più l'autore del *Piacere* come un qualche cosa di grave e di magnifico, sì bene come uno scheletro gibboso, ripolito e dorato, in teca di cristallo. La macabra visione mi desta un senso penoso che mi spinge a compiangere, che mi piega ad amare, perché nessun altro, peggio del D'Annunzio, si è ingannato sul proprio riguardo. Vedetelo, proprio ora, che, senza compartecipare, cinquantenne fuoroscito, senza aver mai prima saputo amar convenientemente la patria – perché se l'avesse bene amata avrebbe anche potuto meglio riordinar la sua vita – che giunge al parossismo delle scalmane tanto da sembrare un agente provocatore con le famigerate *Canzoni della gesta d'oltre mare!* Lo ritenete sincero?

Non ha fatto altro che speculare su quanto vi ha di più gretto nell'anima brevemente patriottarda delli italiani, sulle nostre superstizioni storiche, politiche, religiose, generalizzandone le sciocchezze, le trivialità, le ferocie anticivili. E non s'accorge della vecchia gherminella, in cui, volendo invischiare altrui, impecia sé stesso; e non vede, per quanto la consegna produca in sul margine del deserto eroi incoscienti, che vi ci si muore mal volontieri e che l'odio nazionale è la più trista e bassa forma di fobia serbata, nelle secrete e nei *caveaux* delli arsenali governativi, per degradare l'una con l'altra le nazioni, per far possibile un dispotismo, una teocrazia sia democratica, sia aristocratica, per dar ragione ad una dittatura di classe, quando non sia di uomo. Ed egli ha cantato *La Canzone di Caprera*, e buon per lui che fu eloquente dopo la Mario, che gli prestò ordito, trama, spola e canovaccio, stoffa e ricamo.

Vi par in queste terzine, che grondano sanie e sangue, acqua santa ed acqua di mare, sabbia e fango, e si riavvoltano nella ferocia immonda del ferreo medioevo, con contorno di Crociate, di Sant'Uffizio e di superstizioni, di ritrovar quel poeta, il quale pretese da Nietzsche d'essere liberato, dopo d'averlo cantato *distruttore*; colui che confonde l'aristocratica anarchia di questo senza patria, con un Corrado Brando, il lambiccato Tirteo di una aggressione internazionale? In che modo noi lo conciliamo sotto questi plurimi aspetti che repugnano tra di loro? Chi vorrà essere il fidejussore della sua sincerità, almeno della sua coerenza? – Più tosto, un'altra volta, egli ci sfoggia, senza saperlo, dal detto, non dall'opera, l'humorismo che lo dileggia, quando l'omarino si sdraja sopra coperte e guanciali ricamati da "*Per non dormire!*". – Quale assurda pretesa contro la natura, contro la divina animalità, contro la santa fisiologia! Ma dormite, dormite sodo, dodici, ventiquattro ore al dì; tanto più dormirete tanto meno saranno le ragioni addotte alla critica per smantellarvi l'opera, per biasimarvi la vita: oh magnifica innocenza che dorme e non conturbata, come l'Eros calamitoso che *dormitat conturbatus*.

Già, *per non dormire*: – e si collazionavano mortai officinali di bronzo per le chimiche farmaceutiche del villaggio, con iscrizioni e date, o senza, con, o senza, i relativi pestelli, campane senza, o con, i necessarii batacchi: – e si seguiva, non appena passasse per i confini italici, la moda delli abiti, alla quale apportava i vecchi; onde alle cesoje od alli aghi si accorciassero o s'allungassero falde, si aprissero o si diminuissero sparati, si aggiungessero, o si togliessero bottoni ed occhielli. Mutar foggia, pensiero, intenzione, espressione: ha mai potuto fermarsi, meditare? Udite: "*O rimutarsi, o morire!*". Lo gridò un giorno in piena Camera; comunque non col suo *dar volta al suo dolore scherma*, anzi s'appressa con maggiore velocità alla anabasi.

A lui pare che questa coincida con quella d'Italia: se ne fa il rappresentante mentre va colonizzando a Tripoli: eco del nazionalismo chiacchierone e fracassone, frullano ballate d'aquile e di croci, allevate dai fondi secreti, bugiarde e mentitrici, crudeli e smargiasse; onde può darsi ch'egli se ne vanti delegato missionario: ma la patria che lavora, che suda, che si ostina, che produce, che sa dove vuol giungere e lamenta l'intermessa pazzia ebefrenica, o senile, non crede di accordargli i suoi poteri. Non ha egli troppo venduto prima? che può averci riserbato per essere generosi, anche per lui? Contigie, falpalà, frangie, smerli, cenci? Quanti indumenti!

È lecito tornare all'uomo semplice, che ci si presenta nella sua nudità, quand'anche ci possa apparire deforme l'ameremo di più per la sua sincera confessione. Questo sì che ride e piange e geme e sorride e sa guardarsi con occhi veri; ed ha saputo coniare d'ogni sua parola usata monete d'oro e d'argento, pietre preziose e purissime medaglie, verso cui non concorre lo snobismo perché troppo faticherebbe nello scoprirli, nel vederseli trasformati, dal periodo, nel forziere del suo cuore! Lo snobismo è come il rozzissimo ortolano, ricusa di scambiare la propria mercanzia con verghe d'oro non coniate ancora in monete, non importa se tosate o false, senz'altro, ma con arme, effigie, millesimo di corso: lo snob è allucinato dal barbaglio della convenzionalità, dal solecchio della *réclame*; corre perciò verso le cortigiane in voga e sifilitiche, non si cura della forosetta soda e sana ignorata; non riconosce che terreni esausti *ma di grido*, e trascura le foreste vergini; ricorre a granai ed a cantine *di ditta*; non visita le dispense del contadino non avvisate da grida murale, dove potrebbe trovare i doni di Cerere e di Pomona intatti e prelibati: corre al "*Qui si vende! – Hic est locanda!*" e si imbatte nell'autore nevrastenico, nello scrittore avariato. Per fortuna che quelli che verranno dopo crederanno di più alla loro esperienza, diffideranno delli specifici infallibili, troveranno, mercé la sciocchezza delli *snobs* e delle *snobinettes*, in serbo e non sperperate tante ricchezze trascurate per cui l'Epoca, appena defunta, poteva esser ricca se si fosse meno affidata alla svalutazione della critica ufficiale, fosse stata meno oziosamente supponente, ti avesse imposto, col dovere, il piacere delle difficili e fruttuose ricerche.

Così viaggiano, per la gioja e commozione de' venturi, imperatori e miliardari di poesia e di filosofia in incognito, tra noi, quelli di cui ci è ignoto l'imperio e la ricchezza, o vengono stimati un sopracarico, una inutile generosità, od una umiliante originalità per l'altrui ignoranza. Ond'io, per antitesi, ho riconosciuto tra questi alcuno, come venne da Boerne distinto Richter: "Siccome egli da solo era più ricco d'oro purissimo che li altri tutti insieme di stagno, veniva attribuito alla sua vanità, e quindi fatto oggetto di biasimo, il costume ch'egli aveva di sempre, mangiando o bevendo, appigliarsi a vasi d'oro, inverniciati di biacca": ciò che non si direbbe ad esempio di Gabriele D'Annunzio che beve e mangia ed evacua in vasi di creta, è vero... ma dorati di porporina: un'altra serie di atti inavvertiti, dai quali può sorgere, per l'arguzia dell'avvisatore, il lievito di un suo proprio humorismo.

Qui viene ad impiegarsi la sua ricchezza: è tanto ricco che è poverissimo, tutto in esterno ed in facciata ornamentati, come quei palazzetti di poco costo, smilzi per non sprecar area, a pinacoli ciechi, cui non si accede, a gugliette posticce, a cornicioni in gesso, a modanature, a finestre e finestrette che non servono e non si possono aprire, a stanzuccie basse, anguste, soffocanti di dorature, che appaiono ampie pe' giuochi delli specchi, contro cui, passeggiando nella semi oscurità velata ed ipocrita dei cortinaggi ci si imbatte e si schiaccia il naso. Egli che è tumido e spumante come una spugna zuppa cui, nello spremerla, zampillò tutto di che si è assorbita; è secco, friabile, calcinato come una pomice, e non dà umore, né lagrime, né sangue. Vi pare che ne gemano i suoi personaggi; ma con essi, egli, il manipolatore avveduto, non ha soferto, non volle mai consentire: sta, freddissimo dilettante che anima di prosodia il vocabolario, non di vita le imagini e le maschere sceniche; perché egli non può allevarsi l'humorismo, *un modo d'essere letterario affatto psicologico, cioè: quella rara e squisita manifestazione della virtù la quale usa, per far migliore altrui, espandersi sinceramente da un cuore che ne è ricolmo.* Vi prego di sapermi dire dove è la *virtù* nel carattere d'annunziano ed il *cuore*, o, quanto meno, quali siano quell'affetto o passione ch'egli usi chiamar fenomeno virtuoso, quale quel muscolo che la pretenda a *cuore*, scaturigini necessarie, fattive indispensabili di quanto l'arte letteraria possa, in sul vertice della bellezza e della sociale utilità, senza accamparne didattiche e morali direttive officiali. – Inutile volgere in busca da questa parte. E però alcuni, avendomi magnificato l'humorismo di Fogazzaro, volli io pure assaggiarlo e rinvenni *il niente*: e quando altri delirarono per la magnificenza d'annunziana mi accorsi che era quel *niente vestito in gala.* Né mi si stia a rimproverare che il niente non porta abito: mai no! esso non è *il vuoto, esiste*; solamente è: *una quantità negativa.*

Ora, prendetevi in mano e fate oggetto di studio un periodo una strofe di Gabriele D'Annunzio. Questi non vi riserbano nessuna scoperta, non vi danno mai la gioja di poter aggiungere alcun che del vostro a quanto vi dicono. Gli è che le parole vi vengono impiegate per quel valore e per quella nota che vuole il vocabolario, non impone l'autore. Le parole sono prese, froebelianamente, secondo la nomenclatura fisica, non secondo le intenzioni morali: le parole non vennero passate alla reazione alchimica interiore del sentimento; nessuna trasmutazione hanno subito, per cui, dal minerale grezzo, riesca il metallo lucido; per cui, dal senso comune, acquistino il senso personale ed essoterico su cui fondasi la dote verbale dell'humorismo: queste parole sono ancora bronchi, sterpi, legna secca, non sono poste in movimento, non vivono; sono oppresse dalla maestria dell'operatore, vi si trovano imprigionate a definire sempre ciò che questo vuole secondo la sua tecnica appropriata, ma gretta; è tolto, qui, al nostro linguaggio la divina facoltà di riprodurre dei sentimenti e molti sentimenti, a seconda de' suoi ascoltatori. L'eloquio d'annunziano è preciso ma non suggestivo; è lucido di levigature lapidarie; è secondo la cosmesi classica, ma non è elastico, non si adatta; è opaco all'anima, si rifiuta alla cinetica morale. È lo stile della abilità professionale, della indifferenza dilettante; perché il D'Annunzio per me sarà sempre il signore dilettante, *che imparò l'arte e la mise da parte* in ajuto dei giorni di carestia e di pressanti necessità. Per ciò solo egli è un ottimo professionista di letteratura, non rovesciando ne' suoi libri di sé che quel tanto cui la folla può gustare, non volendo faticare a confessarvisi intiero, non stimando opportuno di mettere i suoi interessi in piazza. L'artista grande e vero non può rattenersi, non possiede questa forza istintiva; scivola ad aprirci tutto l'animo suo; l'entusiasmo suo lo compromette; e gli fa dire più di quello che non convenga; egli è diventato il servo della sua passione estetica, eccede: per ciò si fa amare ed odiare, *ma è lui*: D'Annunzio, circospetto nello scegliere, nel ripolire, nel contigiare, ci vuol dilettare di vuote musiche; è il dilettante; lo rivedo a rappresentarmi l'abatino umanista ed erudito della Arcadia, che ingiojella e ribulina un povero anelluccio di sonetti *per monaca* o *per nozze*, chino in su quel minuzzolo d'oro che gli uscì dalla breve ispirazione, a caricare ad aggiungere ornamenti, curiosità, sì che, sotto a tal lavoro inutile, anche quel poco di metallo fine scompare ed a noi non resta evidente che la fatica barocca della ferruminazione. Eccolo il signore dilettante, il formalista intarsiatore che crede di essere il rappresentante e la parola eloquente di un popolo moderno: egli ha chiuso porte e finestre per non essere disturbato dai gridi della sua gente, della sua patria; pecca di esagerazione, si esaurisce col rivolgere le ricerche ai mezzi plastici; mentre, se questi si debbono esquisire e perfezionare, non ciò avvenga a detrimento della spontaneità, della freschezza. Forza l'intelligenza in un processo empirico di pura manualità; ne riescono creature come bolle di sapone, specchi effimeri di breve ambiente: se la brezza spira più forte, tutto dilegua, il globo magico col paesaggio riflesso. – Ha egli in fatti mai amato la natura in modo da riprodurla come una viva serie di sentimenti, di passioni; in modo di autenticarla colla sua trasformazione estetica? No: egli se ne serve come di un pretesto: la *sua panica* gli diventa un passatempo, certo di qualche soddisfazione, ma non di completa dedizione. – È l'orafo egoista: raccoglie per sé stesso una serie di cose disparate da cui non può foggiarsi un sistema, una categoria; alla vista delle quali tu non sai dire come egli la pensi; l'opera sua si dispone in piccoli e ben lavorati scaffaletti, con tanto di vetrina, sotto alla quale, perché non sofrano la polvere, ritrovi in bacheca mille oggettini meticolosi, un bazar di *chinoiserie*; una fricassea d'anticaglie disparate, per le quali indovini la confusione che è nel suo gusto, nel suo cervello, nella sua vita, e cerchi invano, oltre questa superficialità, il carattere, o per lo meno, la nota fondamentale del suo temperamento.

Non vi pare che le famosissime *Laudi* siano state connesse così? È il signore dilettante che dotato di qualche sensibilità e di discreta osservazione se ne vale durante l'unica passeggiata che abbia fatto un po' più lunga del solito nella vita: poi, rientrato in casa, non trova diversa conclusione che rimettersi al solitario tavolino e scrivere un poemetto con molte altre aggiunte frammentarie: e ciò sarà l'epica e la lirica del viaggetto cortese. Ma se l'humorista viaggia, altro è il suo risultato: altro assaggia in profondità e valore: noi sappiamo come abbiano vissuto Stendhal, l'Apostoli, De Maistre, Heine, Sterne; qui versi non suonano eccezionali, ma abbonda la poesia: qui, può mancare la chiacchiera scambiata per eloquenza, ma non il carattere ed il coraggio; qui, non è il sonettino, la ballatella, l'odicciuola impastate con quella farina di fior di Crusca, concessa dalla privativa delle academie per istranire la gente, perché, fattone focaccie, si potessero saettare nelle bramose canne dello snobismo latrante, ed inocuo, ad ogni rumore in

Parnaso: ma qui si diceva che l'eroismo vissuto risiedeva, principalmente, nell'accorgersi di esistere in un clima d'arte e di morale antietica al suo proprio personale, comunque di valersi da questa sostanziale contradizione per superare sé stesso, e, da un motivo d'umiliazione, di povertà, di dolore, estrarre tanta consolazione filosofica, tanta bellezza di ben stare, contrastando alla contemporaneità, indice di grazia e di virtù anche per i futuri. Portatemi esempi d'annunziani su questo tema; convincetemi ch'egli abbia vissuto come un Cristo e che perciò possa poetare come un Epicuro; ch'egli insomma fu ed è uno scettico soppannato da stoico: allora solo io vi concederò ch'egli sia una genialità.

Con ciò io non vado negando le attitudini e le prestanze di cui è fornito D'Annunzio; ma vorrei a queste assegnare il posto che loro compete nella estimazione, e, se fosse lecito rivolgersi all'artista, dirgli quanto meglio sarebbero impiegate diversamente, e dove con maggior proprietà si vedrebbero in essere. Egli avrebbe dovuto limitarsi, dato il suo talento puramente formale e naturalista, semplicemente classico – nel senso scolastico – ad essere un *compito registro del passato*. Ad altri, che non a lui, compete l'ufficio di stendere *l'elenco preliminare di quanto in seguito ha da venire*: e se D'Annunzio ha creduto di surrogarne il posto vi si è crocifisso impotente. Per ciò egli, rimasto chiarissimo in apparenza nella dizione, vi è intimamente oscuro; cercando di rivolgersi al cuore del lettore per essere compreso non gli parla, mentre chi lo ascolta non può essere che l'erudita memoria: nessuno si sente commosso, nessuno è preso da emulazione a cantare con lui: e voi sapete che il vero poeta è colui invece, che, infiammandoci, ci spinge a portare seco, a superarlo, forse. Quand'egli declama noi lo stiamo ad udire dilettandoci semplicemente, non collaboriamo con lui; è solo coll'humorista che noi ci facciamo inanzi ben accolti dalla sua urbanità, dal suo sorriso; è solo con questo vivo serbatojo di energie passionali e poetiche, messo in attività dalla nostra vicinanza, che si comunicano le lunghe scariche elettriche del sentire e del *godere en kinesei*, cioè del produrre di nuovo altri fenomeni estetici. Davanti a D'Annunzio noi analizziamo subito; e guai, allora, se la nostra critica non lo trova *esatto*; da che *esattezza* significa in arte: *sincerità*.

Amiamo noi D'Annunzio? Ci diverte. – L'odiamo? Ci ha fatto piacere. Ma lo Sterne, e Foscolo, ed Heine, e Stendhal, e Dossi, e Rimbaud si amano e si odiano nel medesimo tempo; poi si adorano in sintesi, ci si confonde con loro. A Gabriele D'Annunzio non possiamo che rimproverare: "Tu fosti, e sei, un privilegiato e dalla natura e dalla cieca fortuna: tu fosti avaro al mondo delle tue proprie organiche ricchezze, alli uomini del tuo tempo e del tuo affetto. – Tu, che hai avuto il raggio della genialità, perché non ne illuminasti i miserabili ed i pitocchi? O tu stesso eri, e sei, un pitocco morale che va limosinando, dalli applausi, nutrimento? – Tu, che ti sei foggiato un'arme forte e lucida, perché non hai saputo batterla con noncuranza che sul capo de' tuoi osteggiatori, di quelli cioè che hanno in assoluto più ragione di te? – Tu credi che vivrai sempre, e non ti accorgi che hai già vissuto troppo. A te, farneticante imperii, scoperte, capolavori, maraviglie, non giunge il grido animale e sacrosanto di tutti – non l'urlo del sesso, dentro cui spesso affoghi come in un baratro di melma – sì bene il grido della solidarietà, che è il più imperativo, perché congloba tutto l'uomo, sesso, ventre e cervello. E sei rimasto, e rimani, immobile, nella muta indifferenza dell'odio e dell'amore, incapace di risentimento e di riconciliazione; dorme il tuo cuore, fremitano i tuoi nervi continuamente, sì che fai come fossero atassici ed insensibili, perché non conosci differenza tra il desiderio ed il possesso, né sai che sia aspettazione, cioè meritarti il premio. Perciò eleggesti: '*Per non dormire*!' – Dell'opera tua non ci hai mai scoperto la fonte cordiale; ma cercato di imparare a tutti un tuo metodo; tutti i fogli ed i fogliacci italiani sono *scritti alla d'annunzio*; sì che ti sopragiunse presto la parodia col grottesco. – Ma tu dici di godere di una pace imperturbata: sia: non è pregevole come quella che si guadagna dopo la sincera fatica, dopo il dolore: tu non hai mai soferto: ma tu vorresti far credere, e con te li altri Seid, di essere un *quid novi*, come un Byron redivivo, l'Euforione del Carducci, ipostasi di quello del Goethe, rappreso in anima e in corpo in sull'alba della quarta Italia. Disingannati: stai ancora nel crepuscolo notturno del Rinascimento, senza averne le divine intuizioni filosofiche: Byron, di spirito irrequieto, agitatore, folgorante, ha combattuto, distrutto, rifabricato contro il vecchio universo per il suo mondo; vinse, e, nel vincere, impresse il proprio suggello nella perennità: i vinti si improntarono di lui e rivissero. Tu, vittorioso in apparenza in sui *Diarii*, demiurgo di chiacchiera giornalistica e vuota, vivrai perché alcun altro, che oggi ha torto, si è chinato sopra di te e si è degnato, per scrupolo di sincerità e per abbondanza di coraggio, qui, nominarti".

Breglia,   Settembre   1912

D'ANNUNZIO
COMMEMORA CARDUCCI
(1907)

27

Sempre magnifico il Divo! ...

Ah! se, invece di farlo atterrare, ci si fosse impiccato ad uno dei suoi rami! Oh! quanto quel pino sarebbe stato a cento doppi più utile alla umanità!

Fr. Enotrio Ladenarda, *Feticisti Carducciani.*

Era ancora calda la salma di Giosuè Carducci, quando l'impazienza dell'Abruzzese, mirando non solo a porre la sua candidatura, ma ad occupargli direttamente lo stallo del consolato letterario, mandava, per telegrafo, alla vedova di lui codeste parole di condoglianza:

16 Febbraio 1907, notte.

Il più devoto e il più beneficato dei discepoli – (proprio, alla parola beneficato non posso trattenermi dal pensare un'altra volta a Guido Piaccianteo del Pappafico ed alle sue relazioni col Barbagallo), – *non osa rivolgere la parola del conforto alla compagna del Maestro, che non patisce il fato comune. Per tale eroe la morte non è fine, ma cominciamento. Questo sentono gli spiriti liberi, che, stanotte, nell'intera Italia, lo veglieranno presente e sperante più che nel pienissimo giorno della sua grande lotta e del suo grande lavoro.*

Intanto, in che cosa D'Annunzio dovesse chiamarsi beneficato non so; forse perché l'indifferenza del Carducci per lui, tacendo, gli aveva permesso il libito anche di chiamarlo: *suo maestro*: e se riflettiamo poi alla *supponenza di vegliarlo cogli spiriti liberi*, ci par tal cosa da farci stranire, pensando come la libertà d'annunziana consista più tosto nel non tenere alla parola data, nel non far onore alla propria firma, nello eludere alle promesse, anche coll'esilio, – ingrata patria! – e più ingrati creditori – che non nel proteggere le ragioni e le azioni per cui si giunge a libertà. Sarà bene, per sincerarsene, dare un'occhiata ai rapporti Carducci-D'Annunzio e dopo sapremo con maggior esattezza perché il primo non possa mai essere il maestro del secondo, ed io vi ajuterò nella prova, più sotto. Il 18 Febbrajo 1907, avvenivano i solenni funebri, in Bologna, del Poeta di *Satana*. F.T. Marinetti vi era accorso: nelle voci della folla si udivano false designazioni di persona: si domandava dov'era Gabriele D'Annunzio, l'erede, oggi, regnante; uno studente, con intonazione ironica: "*Si è fatto sostituire da una rama di pino italico, incravattata da un nastro, su cui sono ricamate le parole: 'Ho colto io stesso questa verde rama sulle colline in fiore, vicino al monte Gabberi, che descrissi nel mio omaggio poetico a Giosuè Carducci, in sul penultimo canto del mio poema Laus Vitae'*". Sì che per parlare molto di sé potevasi anche, incidentalmente nominare il defunto. – Si osservava, intanto, una caricatura dell'Abruzzese, che, piccolino, dipinto sopra lunghissimi trampoli, si sforzava di raggiungere il naso dominatore e sprezzatore di un Dante colossale: la vignetta sgargiava coi suoi colori plebei, a richiamo, da ogni mostra ed edicola di giornalai, lungo il percorso della apoteosi. – Ché, anche, e provvidamente, i trampoli con più alti sono e meglio son fragili;... "ed ecco, che, tutto ad un tratto, volgendo il corteo per la *Porta Mazzini* si accende una colluttazione tra la folla variopinta delli studenti; però che quello di loro, che portava la rama del pino, l'aveva abbandonata nel fango. Volontariamente o no; chi sa?... Comunque, i monelli se ne erano impossessato, ed i carabinieri offembacchiani per assai tempo rimasero a disputar loro, nel parapiglia, il nastro reclamista di Gabriele D'Annunzio" calpestato e sudicio. Era la prima protesta d'imperio già vana, che la santa plebe immacolata giustiziava senz'altro nel capo.

Il 21 Febbraio 1907, il più grande giornale italico, che è però *Corriere della Sera*, stampava, in prima pagina, in corsivo molto interlineato, l'epinicio "*Per la tomba di Giosuè Carducci*"; una canzone, che, per grettezza e stiracchiatura di pensieri, precede le più brutte terzine che canteranno l'impresa libica. Qui, vi si trovava del Frugoni, e si leggevano versi di questa fatta:

"che fece il santo Nome a noi più santo"

in cui il vietissimo concettino arcadico è pur genuino nell'ampollosità dell'artificio. (Fa pur tesoro, che, per necessità di rima abbiamo questo elegantissimo participio passato passivo: *risplenduto!*, una meraviglia di suono e di luce, come vedete). Il componimentino scolastico, affannoso, catarrale, pieno di ansimi e di fatiche, senza commozione, senza entusiasmo, era quel compito che tutt'ora l'*Académie Française* obbliga all'occupatore del seggio verso chi glielo lasciò vacante, per superstite cortigianeria inutile. Una sola battuta rispondeva al vero desiderio e bisogno d'annunziano; quella che guasconeggia nel troppo noto commiato, dove, confondendo senza nessuna autorità le due parti, egli si accordava senz'altro, sotto l'investitura simbolica di una fiaccola accesa, la successione immediata della dittatura, che non gli si riconosce.

Non importa: la canzone gli diè la data certa della presa violenta di possesso del magistero assoluto della poesia italiana; e, nella sorpresa, non vi fu alcuno, che, tratto dall'indignazione fuori dal galateo, non abbia gridato forte: "*Abbasso il ciurmatore!*".

Che anzi, il successivo 25 Marzo, domenica delle Palme, con faccia di bronzo ed ardire da filibustiere di palcoscenico, Gabriele D'Annunzio si rappresentava al *Lirico* teatro milanese, nella commemorazione di Giosuè Carducci. Se ne commoveva anche il *Guerino*: nella *Gabriellazione di Giosuè Carducci*, dava il testo esatto ed unico del *Dantunzio*: "*Ne l'adunazione de i miti pelasgici uno mi piace eleggerne oggi – mentre la città, che colora con li auri di Micene il riso dei suoi conviti, appare mutila e sospesa a 'l mio afflato...*"; onde le due opposte caricature esponevano la calvizie dell'allora sindaco di Milano a riflettere il volto del poeta, e, viceversa, quella del primo cantore d'Italia a far da specchio alla grinta del primo magistrato di Paneropoli:

Allo scambiarsi dei salamelecchi,
Nei reciproci crani rilucenti,
Contemplare potran come in ispecchi
Chiari riflessi i proprii lineamenti.

Quale onore! L'assemblea delli *snobs*, che era accorsa a pagare e ad applaudire il proprio rappresentante, il quale non ne sentiva vergogna, riudì un'altra volta, nell'elogio per Carducci, assolto nella vasta osteria dello stile d'annunziano, il vuoto della sua mente, l'albagia delle parole prese ad imprestito, la glorificazione del piccolissimo io, che si sostituiva, senza giudizio e misura al Maremmano, con arbitrio e violenza da usurpatore. L'avventuriero aveva afferrato l'unico ciuffo della Fortuna a volo; dominava, in una sala da teatro, pubblico da teatri, comediante in fortuna. Non tutta

Italia poteva essergli, domani, un prosteso Montecarlo per le sue cupidigie, che variano motivi tra la *cocotte* in voga e l'equivoco gentiluomo brasiliano? Ma tanto forte, del resto, tenne la ciocca non salda al cranio della vaghissima calva ed incostante, che, per non averla potuto di poi seguire nel pieno volo, i crini gli si svelsero in pugno; per cui, come Icaro, procombette non in mare, ma nella melma di una palude, ancora.

Di quel tempo, l'orgoglio dell'umile sottoscritto, non chiedendo a nessuno il permesso e la facoltà di commemorare Giosuè Carducci – certo il più degno poeta di una Italia, che contrastò a sé stessa, quando si piegò alla servitù regia, per fiacchezza e tornaconto, incapace di eleggere il sacrificio generoso per l'integrale repubblica, di cui non potrà far senza se non vorrà morire, come nazione, in faccia all'Europa –; di quel tempo, uscivano in Varazze, il 5 Marzo 1907, centoventicinque esemplari di *Ai Mani gloriosi di Giosuè Carducci*, però che mi era doveroso, per l'arte mia, su di lui una parola. Ed oggi, sull'argomento che ci occupa, ne ridò queste quattro pagine che completano la mia opinione sulla indegnità d'annunziana non solo a continuare, ma pur a commemorare l'epico di *Ça-ira*.

"Un altro, del resto, vien qui a sorgere con tutte le pretese del polledro ben quotato dai *book-mackers*, ma stanco dalle faticose vittorie riportate e già sfiancato per l'affanno di presentarsi, sopra ogni campo di corsa. Ed è l'Abruzzese dall'erotismo inquieto, che si mise presto in bacheca coi suoi iperuomini da un soldo, che grida e fa gridare a squarciagola il suo nome di successore: colui che meno delli altri può riceverne l'eredità. A lui non giova, nel commiato alla ballata: *Per la tomba di Giosuè Carducci*, affidarsi:

Canzon, tu vammi ostaggio
ch'io guarderò mia fede a Lui che parte.
La fiaccola, che viva Ei mi commette,
l'agiterò su le più aspre vette.

A lui non profitta, per la buona accoglienza presso i migliori, mandare un ramo di pino, svelto dai monti della Lunigiana, perché buon senso e cordoglio di popolo ne han fatto giustizia e lo han trascinato, lungi dalla bara, ai rifiuti: solo i suoi valletti, che qualche volta gli si ribellano, in urla incomposte di schiavi mal nutriti, possono suscitarlo erede, sulla rinomea dei fogli estemporanei. Noi sorridiamo e lasciamo passare il corteggio carnevalesco, al seguito del più compito istrione dell'attuale letteratura. – Se il Pescarese fosse stato alla scuola di Carducci, avrebbe riformato, collo stile, la vita che gli nuoce, come le sue opere lo svisano. Si sarebbe riserbato sereno, sincero e profondo; non turbolento ed epilettico; non ricercatore di mostri francesi e slavi; non ad accogliere tutte le abberrazioni della moda forestiera; non a vestire di imagini italiane e meridionali, concetti, sostanze non sue, accattate qua e là, nel vagabondaggio estetico, nelle peregrinazioni insoddisfatte. Ed è mancanza di coraggio la sua e d'altri l'aver aspettato, oggi, quando il Maestro non può più scacciarlo, a volerlo panegirista di chi non ha mai né compreso, né ammirato prima. – Stia invece, un po' più grandicello, tra quei minimi che ripullularono al suo fomento, vagellante tra l'estasi prerafaellita e primitiva di Francesco d'Assisi e le perversità ricercate ed anomale del Wilde e del

Sacher Masoch. Si unisca alli altri pulcini pascoliani, covati dall'incubatrice artificiale per mancanza di calor naturale della chioccia: ruzzoli al becchime ventilato dalle mani parsimoniose della massaia; e tutti starnazzando le ali accorrano colli occhietti lagrimosi: Arcadi di campagne corrotte dal miasma e dalla pellagra, intenti ad un gorgheggio di uccello, ad un gracidar di rana, speranze pigre, affette da precoce senilità, per accontentarsi di vaghi ideali, di egoismi di pace, di amore e di benessere meschini che sono una vigliaccheria.

Se il presuntuoso compilatore di parlate reboanti non avesse pontificato troppo presto tra la sua corte maggiore, ma si fosse accostato, nelli anni gagliardi, a scuola buona, avrebbe udito ripetere: 'Da me non troppe cose avete imparato, ma io ho voluto certo e sempre educarvi a questi concetti: anteporre, nella vita, spogliando i vecchi abiti di una società guasta, l'essere al parere, il dovere al piacere: mirare, nell'arte, anzi alla semplicità che all'artifizio, anzi alla grazia che alla maniera, anzi alla forza che alla pompa, anzi alla verità ed alla giustizia che alla gloria. Questo ho sempre voluto ispirarvi e di questo sento non mancarmi la ferma coscienza. Quanto a ciò che è più speciale officio didattico, io, accettando dalla scienza e dottrina moderna tutto che queste due grandi forze mi danno, ho pur cercato di levarvi all'idealità; ho cercato di conservare in voi, di alimentare e di disotterrare in voi la grande tradizione nazionale della quale un maestro di lettere italiane deve essere difensore e custode'. – Ma questo nessuno glielo mormorò, meritorio disinganno, all'orecchio, né vide Carducci balzare, dopo di aver spiegato un sonetto del Petrarca, battendo un pugno sulla catedra ed esclamare, trasportato dall'ammirazione per la soavissima lettura, alla condanna dell'ambizioso artificio moderno: 'Noi stempriamo in biacca la porca anima nostra!'.

Con più esatte parole non si poteva giudicare e condannare il carattere della letteratura d'annunziana, avventizia confusione, incomposta e strepitosa frenesia, capanna di recente costruita, ma di vetusti e stranieri materiali, sorta in mezzo ad un altro *Bosco Parrasio*, non già fiorito di pratoline e di violette, né rallegrato da ragli d'asino e da belati d'amore, ma ricco d'orchidee mostruose e sardoniche, tumultuoso di singulti, di risa, di strida, come un giardino di manicomio. Qui farneticano tutti i poveri difetti della mancanza di volontà dove, anche, un grande vizio manca, pel quale, almeno, la superbia luciferina e dispotica avrebbe potuto vantarsi su qualche motivo; ed è da questo luogo, che i quattro industriali speculatori, rappresentativi magistrati, di una tra le massime città d'Italia chiamano, perché concorra a declamare la grande commemorazione, Gabriele D'Annunzio, alla ribalta di un teatro, come gli conviene, bardassa di spettacoli tra ridicoli e deplorati. Accetta, contromanda, tenore meticoloso a cui s'arrochi la voce, attore in dubio e non abbastanza preparato: accorre. Più di tutti illuso, giocondato dalla sua illusione: e vi rimanga smemorato delle passate lezioni, per la vicina sconfitta; la quale tanto più gli sarà completa e dolorosa, in quanto è meno prevista, tra il magnificare del suo supporsi ridicolo ed esautorato".

...QUAND'ECCO
IL MAESTRO RIDICOLO
(1908)

32

Cercai in alto; vidi l'ombra nasuta e torbida di Dante; a, Evoèh dissi, io mieterò a le tue gran vendemmie, su le cime petrose de la tua rinomanza, a le tue aspre vigne distorte tra il macigno e la ghiaccia sapide de 'l ferrame rovente da i succhi sanguigni, scarmigliate da li uragani di Pluto. E a le genti distratte da me vociferai: io sono il Dante novello: "egli l'uno, io il due, egli radice, io la vetta, egli il principio, io la fine". E mi transustanziai...: Dante sono! Dante sono.

GUERINO, *La Tomba di Dantunzio*.

Eravamo in pieno trionfo d'annunziano: l'entusiasmo per lui era traboccato in sulla piazza: "mentre le aristocrazie intellettuali abbandonavano sazie l'artista indebolito, il pubblico, che aveva deriso ed oltraggiato anche le *Laudi*, era venuto a lui unanime": quel pubblico però che ci governa e si addestra con

Guerre, Sgualdrine, Spettacoli e Galere;

proprio la nostra plebe vestita di seta e di fustagno, ingiojellata di brillanti e di ulceri sifilitiche, facilona e sbraitona, che forma il ventre d'Italia, donde si evacuano i proprii legislatori, il proprio Governo, la coda gajetta e degna della monarchia. Su questa pusillanimità di vita e di giudizio, di critica e di compiacimento, D'Annunzio aveva vibrato la propria indignazione dopo la clamorosa caduta di *Più che l'amore*; buon giuoco istrionesco impune e facile su terga chine e spianate. Indi, si era fatto inalzare in sulli scudi di latta e di carta pesta dei Clipeati di *La Nave*; e furono in fatti i macellaretti, i fruttivendoli di Trastevere, li equivochi Ciceroni di Piazza Navona e di Piazza San Pietro, i vaghi modelli di nudo delli studii internazionali, i dubii efebi catamiti della capitale d'Italia e dell'orbe cattolico; sì, i Clipeati retti dal maestro di scena in turbolento corpo di ballo promiscuo, i suoi legionarii che lo inalzarono, dallo spolverio della luce elettrica di sul pulverolento palcoscenico, tra i posticci, le quinte ed i trucchi del dietro-scena, al maggior onore della lirica nostrana.

Se non che non tutti, e, fortunatamente, per il piacere della varietà nella specie e per l'onore del carattere umano, non tutti si sentirono di tempra elastica ed insensibile insieme per accondiscendere al desiderio dominatore del Divo; alcuni insorsero. Tra questi è bene notare l'austero e costante repubblicano Arcangelo Ghisleri, che di sulle colonne della *Ragione*, in un suo numero del Maggio 1908, volle prendersi la responsabilità di non pensarla come la plebe e di dirlo in faccia ai mignoni ed alli interessati, più per ragione di critica politica e sociale, che non per giusta attestazione di critica letteraria. Vi piaccia leggere, qui, l'articolo che risponde perfettamente alle mie vedute sull'argomento e che è bene venga conservato su fogli meno avventurosi all'oblio come quelli di un giornale; tanto più che fu l'elaterio per cui anticipai, rispondendogli sulla stessa gazzetta, alcune pagine del *Verso Libero*, alla conoscenza pubblica impaziente, come vedrete, di assecondare l'amico nella sua nobile protesta generosa.

ISTRIONISMO E PUSILLANIMITÀ

"Ci pare ormai tempo che si dica pane al pane e pazzo ai pazzi, anche se questi si chiamino Gabriele D'Annunzio. Sono parecchi i cittadini non analfabeti e non illetterati, che con tutta la buona volontà di entusiasmarsi pel divo del giorno, non ci riescono; e i più miti si domandano se sia venuta meno in loro la sensibilità estetica, o la intelligenza, che pur li soccorre nel trovar sempre belle le pagine belle di tanti altri scrittori nostri di ogni secolo.

Noi faremo qui una sola considerazione, la quale raccomandiamo ai dilettanti di critica e di filosofia estetica. Per chiunque non abbia smarrito il cervello e non sia digiuno della storia e letteratura nazionale, il 'genio della nostra stirpe' si caratterizza specialmente per una costante limpidezza di concezione e per un meraviglioso *buon senso*, che è poi il senso del vero, della misura e della realtà – come nei migliori tempi e nelle loro migliori opere attestarono i Romani antichi e gli italiani del Rinascimento e tutti i grandi scrittori nostri da Dante a Boccaccio sino al Manzoni e al Carducci.

Noi assistiamo invece, da un decennio in qua, a una fenomenologia di aberrazioni appetto alle quali impallidiscono le peggiori follie del seicentismo politico e letterario, quando, smarrito il senso della verità e della dignità personale, l'adulazione e il rococò riempivano di boriose inutilità l'inutilissima vita delle classi più inutili.

Il D'Annunzio, morto il Carducci, è stato acclamato da sé e dai suoi adulatori, il primo, il più gran poeta vivente. Triste constatazione, sarebbe, della povertà e degenerazione intellettuale a cui ci avrebbe ridotti la *diseducazione* di un regime politico falso, smidollatore e turlupinatore, che non per sole ragioni politiche noi giudichiamo nefasto al carattere, al genio e al destino della nazione.

Ma per quanto dicemmo sopra del carattere vero del genio di nostra stirpe, in nome del *buon senso*, che è insieme senso del vero, della misura e della realtà, – il quale in estetica si chiama *semplicità*, nell'etica è *sincerità* e nella vita pubblica è *serietà* non *istrionismo* – noi invitiamo quanti non sono dei pusillanimi a ribellarsi 'in nome appunto del genio di nostra stirpe' a codesto spaccio trionfante di ciarlataneria parolaia, di reminiscenze indigeste, di erudizione ostentata a sproposito e senza costrutto, di egotismo e di sadismo da manicomio, che s'incarna nel signor Gabriele D'Annunzio.

Per un esempio tra mille, eccovi il testo del brindisi col quale egli rispose al saluto dell'assessore Poggi, del professor Morselli e del poeta Ceccardi (il quale disse ornate ma veramente belle cose di circostanza) nel banchetto o maggiolata offertagli a Genova ieri l'altro:

Ringrazio i continuatori diurnali di Caffaro, ringrazio il nuovo console dell'arte, il nobile poeta apuano, il dottore dell'anima sapientissimo ed eloquentissimo e i colleghi e gli amici che così lietamente, su questo promontorio degno di un trofeo, più che di un barbarico kulm, hanno voluto festeggiare l'incontro di San Marco con 'lo beo San Giorgio' come direbbe Biagio Assereto, l'eroe navale di Ponza, il buon popolano fucilatore e imprigionatore di re, la cui grande ombra si alza ora da Rapallo e ci vela il sole. – 'Su questo terreno d'Ulisse, donde la formidabile energia ligure irradiò per le vie del mondo scoprendole e tentandole tutte, fu celebrato stanotte quel mare ove Lamba Doria gittò il baciato cadavere del figlio ché avesse per tomba il luogo della vittoria, come più tardi volle per tomba il luogo della sconfitta Faà Di Bruno invendicato. Da Oriente ad Occidente, per gli spiriti fedeli, tutte le memorie si confusero in un egual cielo glorioso. Ora, quando la forza della stirpe sente che il passato esiste, sente anche vivo e certo nel suo pugno l'avvenire. Io non oso levare il breve calice all'augurio. Mi imagino su questo Mediterraneo, specchio dell'ideale, ove splende in eterno la luce delle tre rivelazioni – ove la Grecia rivelò il Bello, Roma il Giusto, Giudea il Santo – imagino il genio della città, simile a Cintraco che giurava sull'anima del popolo, levare in alto la leggendaria coppa smeraldina tolta a Cesarea dall'esploratore Guglielmo Embriaco, e ripetere la semplice rude parola antica: – Cristo ne presta grazia che noi possiamo andare di bene in meglio! – Risponda la nostra fede come il popolo primo dei mercatanti e dei naviganti in Parlamento: 'Fiat! Fiat!'.

Date di questa prosa a modello degli studenti ginnasiali e poi ditemi che razza di rètori alleveremo alla nuova Italia. Si disse tanto male della pedagogia letteraria dei gesuiti, coltivatori di frasi e di parole senza pensiero, dei loro Segneri, Bartoli e simili virtuosi della erudizione e del dizionario: D'Annunzio li ha sorpassati.

Noi sappiamo di molti cittadini italiani non analfabeti e non illetterati, i quali la pensano in proposito come noi, ma sono dei pusillanimi. Con tutto il buon volere di entusiasmarsi per le ultime espettorazioni dell'*imaginifico*, non ci riescono; ma pur non commovendosi e il più delle volte anzi trovandolo indeterminato, farraginoso e confuso al punto di domandarsi che cosa abbia voluto dire, non osano 'mancar di galateo'. Perché questa specie di Kaiser Guglielmo del Parnaso – anch'esso, come l'altro di Berlino, in perpetua adorazione di sé medesimo, e sempre in cerca di pose che sorprendano o facciano stupire – ha una turba di suoi pretoriani acclamatori; e molti pusillanimi fingono essi pure di andare in visibilio, per non parere degli analfabeti o dei cretini...

Noi li esortiamo ad avere un po' di coraggio. Dicano francamente che non si entusiasmano, che non capiscono, che non trovano da elogiare affatto. Per ragioni letterarie, estetiche ed anche per un sentimento di dignità nazionale noi protestiamo altamente contro codesto istrionismo e barocchismo, giunto all'ultimo stadio.

Protestiamo in nome appunto del 'genio di nostra gente' da Machiavelli a Mazzini, dal Redi al Giusti, dal Galileo al Cattaneo.

A. GHISLERI"

Arcangelo Ghisleri aveva messo il dito sulla piaga senza pietà e vi insisteva, coll'unghia lacerando il guasto e togliendolo da buon chirurgo; ed a me non pareva vero di trovar motivo di parlar prima del tempo, ed anche adesso, perché la piaga continua, per quanto si sia ridotto l'emascolatore al di là delle Alpi. Inviai subito i miei periodi all'amico con questa premonizione.

"CARO GHISLERI,

Ottimo il vostro articolo '*Istrionismo e pusillanimità*'. Due vizii attuali indicati dal *Caso D'Annunzio*, e ch'io, se ve ne ricordate, ho già avvisato in sulle quinte colonne della *Italia del Popolo*, quando vi teneva rubrica letteraria.

Oggi, vi mando sull'argomento queste bozze del mio volume prossimo ad uscire: *Il Verso libero*; leggetele e fatele leggere, perché almeno, coloro che vogliono intendersene, sappiano che non a tutti i letterati d'Italia fa soperchio l'albagia di questo diminuito Ovidio pescarese, né s'impongono le rinomee sgolate dai moretti interessati del seguito.

Giova ai *diurnali* considerati dalla pubblica platealità, ed a tutti i ricalcatori della Arcadia, prestarsi ai motivetti della sua retorica; ma se ne sdegna la virilità dell'animo nostro, dentro cui non sviene l'intermittenza erotica, né farnetica la metafora spumante. Quando una Nazione è presa dal miele delli *aggettivi troppo ricchi*, è vicina a perdere il concetto reale e sicuro del *sostantivo di carattere*. Pur troppo, oggi, bizantinamente il *bluff nord-americano* ha trovato qui elementi di vita e fomento di successi. La meridionalità della troppo prolissa loquela se ne avvantaggia; ma è doveroso che il buon senso, l'eleganza nativa, la nostra sincerità si ribellino e facciano riudire, in questo vento di vuota sonorità, in questo delirio di deficienti e d'invertiti, in questa fregola pazzesca di isterismo solleticato, la loro parola che convince, attesta e proclama, sopra la vigliaccheria di coloro che tengono il mercato, l'antico coraggio e la dignitosa franchezza.

Ed a voi, tra i primi ad accusare il pericolo ed il danno, applaudo ed ho nuovo piacere di riconfermare quanto mi siete caro, e come l'opera vostra, in tempi che dissolvono, sia preziosa per nostra repubblicana italianità.

Abbiatevi, con affetto, una stretta di mano del sempre vostro

G.P. LUCINI.

Breglia il 19 di maggio 1908".

Oggi, ribatto in riconferma perché mi sembra utilissima cosa ripubblicare l'espressione mia che pochi già lessero anche nel *Verso Libero*, libro or mai esaurito, ma che pur mi sembra di attiva attualità; tanto più che è proprio verso il D'Annunzio che la gioventù così detta studiosa si rivolge ed è lui che acclama a suo proprio maestro, dopo Pascoli, in Bologna. È lui il superstite indice di un momento storico che fu; momento di scarsa coscienza, di debole ragionamento, di spensierata e gaja impertinenza dedita al piacere del basso ventre; è lui, che incarna la negazione dello spirito del sacrificio, della idealità, che reclamano per istitutore di italiana sapienza e di umana dignità. In fatti, egli rappresenta questi giovani che son forse dei nazionalisti e che si lasciano guidare in pubbliche concioni da inquieti professori secondarii, a cui non bastano le opere per farsi luce ma hanno bisogno dello schiamazzo e della cronaca per farsi notare. D'Annunzio è tutt'ora, per questi, il loro massimo professore in quanto essi non hanno sorpassato la crisi che li rende degni di essere liberi e volontariamente despoti delle loro miserie e de' loro bisogni. È adunque ai POSTREMI GOLIARDI, che, col pretesto della patria marinano la scuola, invocando ozio alla ignoranza ed al facile operato, maestro D'Annunzio – il quale ha sempre marinato l'importuna probità così incomoda ad osservarsi, non solo nella vita ma anche nell'arte – ch'io accomando il resto delle pagine in cui si discorre del

<h1 style="text-align:center">MAESTRO RIDICOLO.</h1>

Diavolino di Cartesio, vetro nel vetro di una bottiglietta sperimentale, idromante, trasparente nell'acqua, con cornetti rossi e la coda all'insù, pontuti e lucidi come coralli, calvo il capo e tozzo, apparve, alli occhi de' fanciullini di letteratura, come ai bambini delle piazze, che ammirano la popolare dimostrazione pubblica della pressione sui liquidi e vedono discendere, alla maestria del pollice operatore, sulla gomma della capsula ermetica alla bocca della boccia, o salire, o danzare, l'omuncolo, grottesco. – O, fantoccio formidabile in veste pezzata d'arlecchino, la calvizie inlaurata di frondi posticce ed incollate, le braccine tese, le mani aperte, le dita divaricate, facendo la faccia feroce, scattò, dal coperchio meccanico di una bomboniera offerta, in giro, alle damine in conversazione sorprendendole e facendole gridare impaurite, per finta, per libidine, o per sciocchezza, quando vociò il *quos ego*, come il burattino Punch, nel breve recinto di un teatrucolo ambulante. L'udimmo, in fatti, declamare: "Che cosa può significare questa tentata ribellione di schiavi alla mia signoria? E qual re vogliono mettere al mio posto, questi disgraziati che si sfamano coi resti dei miei banchetti, e quei piccoli ladri che mi rubano i frutti del mio giardino? Poi che non mi arrivano alle calcagne i furori di quelli, che, non essendo capaci di avermi per maestro, mi hanno per padrone, recando sulla fronte il mio marchio rosso, che cercano invano di graffiar via".

Illusioni e verità, non per noi, per li altri. In fondo, egli definiva assai bene le diverse operazioni de' plagiari senza riconoscenza; se non che, bazzicando con quelli, veniva ad ignorare tutto quando non è suo meccanismo di conoscitor di lessici: l'essersi poi veduto circondato dai piccolissimi, i quali pendevano dalla sua bocca e lo coprivano di applauso, gli aveva dato una vampata alla testa e v'impazziva dietro, come quei rannocchi, che, col voler gonfiarsi, invidiando i buoi, terminano collo scoppiare. – Già; vi erano e vi sono masnade di indotti strimpellatori, di curvi raccoglitori d'immondizie, di presti cenciajuoli, che gli avevano concesso signoria, ma nessuna assemblea d'uomini liberi e deliberati fu che gli permise mai d'abusare colla sua jattanza, quand'anche lo pretendesse. Come fidare nella sua sincerità, dopo il rimutare inquieto di carattere, di vesti, di intenzioni? Come chiamarlo maestro? – E perché de' fischi plebei e di platea lo costrinsero a guardare in giù, ecco, ad assumere la posa serena dell'olimpico non compromesso, né sdegnato, ma annojato: "Ohi là, tacete un poco: lasciatemi digerire in pace!". Maschera impropria di Zeus; pastore e zampognaro Titiro d'Abruzzi tenta solo ed invece accordar la piva al rombo del tuono; a mezzo bestemmia, poi ingiuria; termina collo spezzare il piffero dello strumento sotto la pianta del piede inciociato e ne sventra l'otre tumido di vento: in un sibilo crepa, si svuota, e floscio, raggrinzito, a crespe, a pieghe, membrana sudicia e caprina, si riversa inutile. Codesto Zeus perdeva presto serenità e magistero.

L'avevano messo sopra un plinto di creta cotta al sole, statua di neve, e gli avevano creduto come ad un feticcio; non vollero mai ascoltare coloro che li avvisavano dell'equivoco, mostrandolo intento a scimiottar modi, misure, ragioni, per moda e per vanità. Giacché si vanagloriava e si inorgogliva, nelle deplorevoli trasformazioni, massimo modello di impudenza letteraria; e, jeri, si era innamorato delle nudità multicolori, molto-metalliche, molto-gemmate, molto-callipigie delle sue Veneri d'acqua dolce; oggi, faceva l'Anacreonte di alcuni motivetti bacchici, per tornare al San Francesco pargoleggiante; poi, si metteva il frigio in testa e brandiva la fiaccola anarcheggiante; o voleva spacciarsi per l'Omero dei garibaldini, l'iperuomo burbanzoso, o l'innamorato della ghigliottina, continuando a fornicare colla Gioconda; in fine, si rimetteva in bella posa neo-classica, dopo d'aver disturbato Nietzsche, ripreso dalla religione di sé stesso, e dalle sue bellezze, senza pensare ad inconvenienze, in modo, da farsi strofinare e rigirare da torno le donnine del cuor leggiero e di pesante parrucca e col gusto di spampanare le iperboliche virtù del suo bel essere amorino, o Narciso impomatato, che si rimira nello stagno, in cui deve cadere sommerso. Declama col *pum-pum* e i corruschi, i vocalizzi e le agilità cromatiche lungo il verso: precede in cappa magna e cero acceso, tra i portatori di baldacchino, al *Corpus Domini*; colla medesima indifferenza, in abito da società, sale le scalette del trivio, scatologico e mistico, tautologico ed ingombrante, sé stesso additando senza alcun riguardo al pudore, tra *Il Burchiello* e *Lo Zibaldone*, Antinoo meno parco del vaticanesco e men capelluto, araldo e custode, per amministrazion privata del suo pensiero che vagella, sviene a pause, si rifà e vagisce e si nutre coi proventi della sua rinomata estemporaneità.

Donde il pubblico, che s'era lasciato prendere a gabbo, se lo trova sul collo, e, volendolo scavalcare, si dimena: indi si rimette in pace, lo sente concionar di sopra e a dirgli villania; ode, perché non gli garbò la fischiata di pocanzi, rinfacciargli la debolezza ch'ebbe già per lui e la pochezza del suo senso critico, che lo aveva ingannato sul parere; e pensa che il grande poeta deve essere qualche cosa d'altro e di diverso. – In fatti, creare, produrre nuovi enti a propria simiglianza, significa veramente, prima, rettificare la propria coscienza, mondarla dai depositi delle imitazioni e del conformarsi; poi, esprimere, dal proprio genio, sotto li ambienti richiesti delle attualità, quanto meglio corrisponda al bisogno estetico dell'ora. Egli, invece, tutto spugna, imbevuto di tutto e di tutti, si vanta personale.

Tale questo eccesso esteriorizzato di moltiformi e molteplici letterature e letture; supporsi; bovarismo; triste malattia mentale che gli suggerisce *la superstizione* di sé stesso in quanto non è; feticismo inutile e crudele, facendogli credere d'essere capace di quanto non può né potrà mai fare: pensar cose grandi e generose, operar virilmente e disinteressatamente.

Nel quarto d'ora, che ha incominciato e vogliono chiamare col suo nome e già tramonta, quattro emasculati vanno coltivandolo, permettendogli la grave supposizione: quattro altri cialtroni disoccupati lo bombardano divo, rendendolo ridicolo e grottesco. Lo hanno fatto passeggiare, conducendolo a mano, per tutti li angiporti della suburra letteraria; gli hanno dedicato fervorini, trafiletti, colonne, articoli, pagine, giornali intieri, sì ch'egli fu dentro e fuori la patria a spampanare la sua verbosità. Ed un librajo si valse della ubriacatura; concorse a mescere vino avariato nelle tazze larghe e gratuite, per raggiungere un provento spiccio e sollecito di mercatanzia facilmente vendibile. – Ed ecco, ch'egli, vedendo come gli fosse tollerato tutto, si credè diritto la licenza di impartirci la sua disciplina, di bandire il suo magistero, di recitare la sua pragmatica, di sacrarsi ottimo e massimo: "Riconosco la verità e la purità della mia arte moderna, che cammina col suo passo inimitabile, colla movenza che è propria di lei sola, ma sempre sulla nostra via diritta, segnata dai monumenti dei poeti padri. Per ciò io mi considero maestro legittimo; e voglio essere e sono chi, per gli italiani, riassume, nella dottrina, le tradizioni e le aspirazioni del gran sangue ond'è nato".

No; noi non riconosciamo nulla, non il coraggio della sua paura, non il successo che fu. Si è riserbato troppo, braccheggiò, in sulle prime, con malizia fanciullesca e selvaggia; ha permesso che tutti si sbizzarrissero sopra di lui; accettò qualunque designazione; non si lamentò mai del posto che gli assegnavano, purché fosse al di là. Non disse mai come pensava, non ci fece mai vedere come operava; fu chiuso; ci tenne chiusa la mecanica del suo pensiero, se una ne abbia; oggi la nostra mancanza di fiducia in lui, lo priva del nostro rispetto. Non lo crediamo sincero: non si è mai compromesso con parole, che avrebbero potuto ritornargli davanti come un rimorso, riuscito a pascersi alle facili greppie: per ciò ha creduto di poter viaggiare impune in ogni luogo, senza direzione, senza guida, vagabondo, capriccioso. Resisterà al tempo la narrazione di questo suo periplo? È egli di sé stesso un Erodoto od un Marco Polo indimenticabile? La sua piccola Academia si discioglierà con lui: i suoi stessi mignoni gli si rivolgono contro, egli opera saggiamente se li percuote sulle terga; lo hanno fatto tradire e lo hanno tradito. Erano, dietro di lui, in un codazzo insolente, denso, garrulo di voci stridule e male armonizzate; gli facevano un'ombra densa; al di là di questa massa amorfa, non poteva veder bene: fu sempre uno straniero tra li uomini che valevano più di lui, ma gli avrebbero insegnato ad essere decoroso come artista: e la sua vita, che si immedesima coll'opera sua, e l'una e l'altra, rimasero senza scheletro, nulle, flacide, e non contano nella esistenza di un popolo; valgono come quella di un tenore applaudito, o di una virtuosissima ballerina dispensatrice di grazie procaci. Egli non eccitò nessuna azione, né buona, né cattiva; non suscitò a paragone gesti di cupidigia, o di rifiuto; non fu né coi vinti, né coi vincitori mai; ha creduto di dominarli, li ha semplicemente divertiti; non ha potuto essere, né fare di più; *Saltavit et placuit*. Ed il popolo lo ha lasciato solitario, lui frenetico di frastuono e di seguito.

No; noi non lo vogliamo a dettarci questa sua tarda legge; noi lo abbiamo preceduto; abbiamo accolto tutto il ridicolo, tutti li sdegni, tutte le platealità della critica urlante alle nostre piste, mentre egli veniva acclamato, non so come, senza essere compreso; perché, in lui, all'infuori del rumore che fanno le parole per venir parlate, non v'è altro da sapere e da conoscere: e noi soli e deliberati lo abbiamo sorpassato. Nessun ingombro di folla ci limitò l'orizzonte e non abbiamo bisogno del suo programma-fattuccheria per concedergli tregua. Egli non ha dottrina propria; è incapace di concepire universalmente; tutto quanto ha fatto è monco, frammentario; la sua opera è una serie di piccoli avvenimenti individuali, poetati con garbo da dilettante. La sua mente non può pensare filosoficamente bastarda di molti padri repugnati. Biascica e balbetta esotiche idee colla sua *Lettera contro i Catoncelli della critica*: vi parla di *grande arte dorica*, di *eterna gioja del divenire*, di *giorno di trasfigurazione*: tutto ciò impresta e non assimila dalla *Origine della Tragedia* di Nietzsche; non ha digerito bene; i suoi concetti lasciano intravedere il sigillo originale: non lambicca, non distilla, non estrae, dalle mille osservazioni, un principio generale, una verità sua, una legge nuova, particolare: non conosce il senso dei rapporti, delle intercorrenze; il mondo suo è popolato da fenomeni, non è *fatto* di fenomeni; egli non conosce il mondo.

Noi non lo vogliamo per maestro; lo rifiutiamo. Non può rigovernarci, imporci un suo metodo, se l'ha. I nostri maestri, i grandissimi, non sono più, ma sopravvivono forze eterne; ora, abbiamo una sola insegnatrice, la natura: un solo pedagogo, la nostra mente: un solo riconoscimento pubblico, la espressione dell'opera nostra. I nostri maestri non hanno avuto mai bisogno di pagliacciare ogni due giorni sulle piazze d'Italia, come vendessero specifici miracolosi contro la sifilide; noi non abbiamo bisogno di un zoofilo che fa dell'automobilismo, di chi assiste allo scoppio delle mine del marmo carrarese, e schiva di confessare la propria età.

I nostri maestri non suscitarono la sfacciataggine della rinomea; non misero in pubblico le loro piccole orgie abitudinarie, le loro mecenatesse amiche, le loro illustri amanti generose, i loro disaccordi matrimoniali; non ci condussero per mano i loro figli tra li istrioni; non diedero esempio di dissipata e vaneggiante curiosità: i nostri maestri lavorarono serenamente, pensarono, esempio di coraggio, di costanza, di volontà. Ma costui strepita e schiamazza; fa dire di aver creata una nuova poetica: piaggia vizi e virtù a fascio, se il vizio e la virtù gli han rifornito, nella questua pel mondo, sonante scarsella; i nostri maestri furono determinati per un verso, o per l'altro, perciò Eroi, sempre, in ogni modo, in ogni ora della vita loro; caratteri!

Chi lo vuole, dunque, per maestro? Mettiamo all'incanto il maestro della poesia che *insegna la necessità dell'eroismo*, composta coll'arte *demoniaca* nel ditirambo delle origini e delle profondità? Chi dispone, nella gara, un obolo di più, ed ancora, per comperarsi, schiavetto, questo grande maestro immortale ed indiscutibile della moderna letteratura italiana? Perché lasciate gridare invano l'Hermes psicopompo, in sul mercato, se offrevi quest'animuccia mascherata, ripetendo la proposta, come un dì banditore i filosofastri al miglior offerente? E ve lo vendiamo, con tutta la sua dote; colle 75 camicie; le 12 dozzine di paja di calzette d'ogni colore, in filo ed in seta; innumerevoli cappelli; abiti da serata; *smokings* e giacche e marsine d'ogni foggia; 48 paja di guanti da passeggio, 24 bianchi *glacés*; 8 ombrelli tutti color viola; 10 parasoli verdi; 20 dozzine di fazzoletti da tasca; 150 cravatte; 10 veste da camera, una più magnifica ed imaginifica dell'altra; 15 paja di scarpe, con 6 paja definitive di pantofole molli, silenziose, impellicciate, orientali, moscovite, chinesi;... e la varietà suntuaria di una cortigiana barbara e celebre.

Volete dunque, per poco, per nulla questo unico e straordinario poeta italiano, troppo vestito per essere sincero? – Va! va! a quanto?. Non vi è dunque arte, professione, mestiere, bisogna, sia pure tra i più umili, pel logico contrapasso, che Italia possa offrire a costui, ritornato alla sua nuda persona? Di che egli è capace? – Di nulla: non ha mai soferto e non ha mai insorto; non ha mai vissuto, né col cuore, né colla mente, frigidità fragile, virilità svampata, egoismo per la gelata fiamma de' suoi sensi; non ha mai veramente amato od odiato. Non ha amato mai l'angoscia e la gioja; non le conobbe, perché è incapace d'ironia, preziosa e moderna virtù che fa sbocciare rose sulle piaghe e le ulceri de' lebbrosi, ed inturgida malignamente di un bubbone violaceo il seno di una vergine: e non amerà mai. Non ha potuto mai né vincersi, né correggersi; non andò a scuola di volontà; non seppe reggere li appetiti, né trasformare i desideri in estetica, né foggiare dalla pura bellezza una pura morale; né domare li spasimi della carne, i morsi e le violenze esasperate della necessità; non si è mai sacrificato per qualche cosa, né meno per attuare epicureamente un piacere maggiore; non seppe farsi un carattere: non ha carattere. A qual uso potremo destinare questo fanciullo, dotato di semplice virtuosità verbale, che non potrà mai essere un uomo, cui l'applauso falso e corruttore ha negato la responsabilità? Chi lo vuole per schiavetto domestico? – Egli ha viaggiato in automobile, a cavallo, a piedi, a vela, a remi pel mare, ed a vapore; ha scoperto l'*Acqua Nunzia* ed un nuovo sistema di ruote pneumatiche; fa il mitografo. Egli è filosofo, per aver saccheggiato sulli eucologi e nelle enciclopedie; egli è esteta, perché studiò a memoria i cataloghi delle pinacoteche europee e consulta le raccolte delle fotografie dei quadri famosi; egli è tutt'ora l'inimitabile maestro pifferaro e non volete che egli trovi un posto decente e rimunerativo tra noi?

Ma perché insisterei io a dotarvi di un parassita, di una lussuosità caduca e dannosa? A che portarci in casa un elemento di infezione e di morte? Perché sostare tra i cippi della necropoli, tra i quali, brilla al sole, effigie di poco resistente metallo, ma lucida, un misto plasma di Andrea Sperelli, di Cantelmo, di Corrado Brando, di Stellio Effrena, caprineggiante, interrogativo a strologar le nubi, che si addensano sotto i fuochi del tramonto in sull'orizzonte, per il tempo che farà il vicinissimo domani? Reggerà al freddo di questa notte, sino a domani, la statuetta graziata di dettagli curiosi e minutini e di precisione arcaiche, che mal consuona col calore della nostra modernità? Fuori; la vita è in noi, con noi, ci avvolge, ci fa ministri suoi qualche volta, si fa da noi dominare se lo sappiamo. Importa vivere, vivere, e, col fatto stesso della vita, coll'opera, più che colla parola della critica anatomica, affermarsi e superare. Bisogna saper anche non vedere il più vicino rumoroso, che cerca di distrarci dal nostro compito, per farsi accogliere come il più interessante. Ben altro dobbiamo ascoltare, per ben altro cooperare; vadano a vuoto i richiami del vanitoso e gretto egoista, che si addita come la perfezione, per farsi pagar carissimo: bisogna vivere per noi e per tutti; non indugiare sul corpo morto per notomizzarlo.

Vivere, rituffarsi a ogni minuto nella corrente inesausta e calda dell'universo; vivere da avaro e da prodigo, da egoista e da altruista; vivere, sentire, compartecipare, usare dei sensi, del cuore, della mente, ragionare, produrre, esprimerci con tutte le nostre raffinatezze di esteta, le nostre passioni di uomo primordiale, la nostra logica di filosofo, i nostri vaticinii di poeta ispirato. Agitiamoci per agitare, per urtare, vincere e persistere: sopra tutto, dobbiamo essere il buono ed onesto operaio della sincerità gratuita e pericolosa, e proclamarsene, qualunque siano gli eventi che suscita, responsabile sempre.

"PUFF" E "BLUFF"
CON "POLEMICHETTA"
(1908)

42

Je loue donc sans limites Gabriele D'Annunzio d'avoir
ensorcelé par son art les intelligences de son siècle, et d'avoir
turlupiné à miracle le bourgeois de Flaubert par de
merveilleuses fumisteries...

F.T. Marinetti, ... D'Annunzio reste.

Più ne fai, meno ne hai.

Proverbio   *toscano.*

OSSERVAZIONE

Non è recente il "*Puff*" e "*Bluff*", come il volume che me lo promosse; era, allora, appena uscito *Les Dieux s'en vont, D'Annunzio reste* di F.T. MARINETTI, che soventi volte vi ho citato, e ne dava sollecita notizia su *La Ragione, Roma 13 agosto 1908* con questo articoletto: recentissime invece le *Note* e ve ne accorgerete. Così, alcuno che voglia, oggi, fare il sottile, con domande capziose, ma non importune, vorrà chiedermi: "Dopo l'avvento del 'Futurismo' tu accordi tutto il tuo credito a Marinetti? E questa insurrezione contro il dannunzianesimo, che fa qui e tu lodi, sei certo che gli uscirebbe tal quale l'altro dì? – Non trovi nulla da aggiungere e da spiegare sul carattere di questo libretto e del suo autore?". – Al fatto; egli mi farebbe sovvenire, che, se non l'opuscolo e Marinetti, certo le mie intenzioni ed il mio proprio giudizio del 1908 debbono aver bisogno di aggiunte e spiegazioni, perché, anch'io, nel 1912 non le accetto se non con opportuni *distinguo*. L'essere cioè intercorso 'Il Futurismo' tra queste due date; l'aver illuminato me sulle precise direttive marinettiane; l'aver allontanato lui dalla mia strada: intervenne, dunque, una maggior chiarezza di rapporti ad aumentare la sicurezza de' concetti e la sincerità delle opinioni; delle quali maggiori prerogative mi servo per non tenere in sospeso i lettori anche sul conto delle lodi tributate, nel 1908, a *Les Dieux s'en vont*, le quali non accrebbero, nel 1912, per il *D'Annunzio reste*.

Subito, intanto, la seconda parte del volume, come critica letteraria è poco profonda, mentre è piacente e spigliata come *pamphlet*; ché il carattere fondamentale stesso del suo autore, il quale è *bello* nella sua *illogicità*, non poteva darcelo diversamente. Qui, noi troveremo quelli elementi humoristici che possono impepare una critica profonda e sicura per dottrina, esperienza e filosofia, non già quei concetti, che, dalli aneddoti, dal dettaglio, dal piccolo motivo, risalgono alle ragioni generali, alle cause prime e li fanno considerare, nel tutto, non solo pertinenti, ma essenziali sintomi ed indici di un organismo, di una funzione, di un carattere. È questa, del resto, la solita deficenza di F.T. Marinetti, fornito di altre doti di costanza e di spontaneità; questa di non saper *ragionare a tono*, nello svolgere le conseguenze delle premesse: ed attualmente, nel regno della cosidetta intuizione, si può credere tale insufficenza una virtù, le operazioni della quale avvicinino e contribuiscano alla *conoscenza della verità*. Dal canto mio nego: è di contro esponente e sintomo puramente lirico, cioè disordinato e delirante: altre vie passeggia la ragione; la quale guida anche la critica; essa non fabrica il Futurismo; e non crede d'aver la dimestichezza, né coll'opera di D'Annunzio, né con quella invero superiore, per quanto meno contenuta e purgata, di F.T. Marinetti.

Anzi, se mi volete lasciar parlare a mio modo, vi confesserò che tutti e due li credo di parentela maggiore ch'io non lo sia mai stato con loro; e sostengo, con qualche opportunità contro l'opinione comune, che dall'autore del *Fuoco* più che da quello di *Revolverate* nasca il germe, – cui Marinetti svolse – del Futurismo. E mi è logico, per quanto imprudente e pericoloso, poi che tornano in onore le aggressioni a mano armata e le forche in Tripolitania, il declinarne ogni responsabilità; da che i Futuristi se ne credono li autori, almeno per interposta persona, e ne menano vanto, come per gloria.

No; quando Silvio Benco, di sul *Piccolo* triestino del 9 Gennaio 1910, convocava per l'indomani il pubblico al *Politeama Rossetti*, perché venisse a presenziare e ad applaudire declamazioni di versi di poeti antietetici, raccoltisi sotto la novissima etichetta marinettiana, errava nel farmi stipite di costoro: "*Gian Pietro Lucini, un poeta lombardo, che da più di vent'anni vive in continuo rigurgito del pensiero ed in indefesso fermento, e che ha scritto tra dieci libri, in una forma di versi inventata da lui, un fervido caleidoscopio, poema di evocazioni del settecento filosofico e lussurioso: 'La Prima Ora dell'Academia'. Egli, per vero, si schermisce dall'essere futurista'; ma i 'futuristi' dicono che è loro padre. Già, ogni futuro ha un passato*".

Mi schermiva e mi schermisco: perché non è col compromettermi in loro compagnia – mentr'essi, dal fatto stesso dei loro codici e decaloghi e dalle loro opere, mostrarono di non aver compreso il mio *Verso Libero* che è il mio testo e la mia norma fatta espressamente da me per me – ch'io vorrò acconsentire alle loro avventure, sotto ogni punto di vista repugnanti, quando sotto specie di *libertà*, si concedono i privilegi della ferocia e del brigantaggio, e, colle fisime della maggiore virilità di carattere, si insulta la donna, e, col pretesto della patria, fanno l'Italia croata, e col sofisma della gloria, instaurano il dispotismo, e, colle parvenze del far nuovo, interrompono l'equilibrio; equilibrio che produce, che si fa poesia ed arte, ma rispetta conoscenze ed azioni. Sì che il mio silenzio riguardoso sulla questione, forse male interpretato come accondiscendenza, ora si muta in pubblica e definita avversione, che troverà modo, in sede più adatta, di ragionarsi e di ragionarvi. Per la qual cosa, meglio la pensò G.A. Borgese ne *Gli allegri poeti di Milano*, di su *La Stampa* del 8 Marzo 1910 – Torino, giudicando il Futurismo così: "*Giacché, che cos'altro ha voluto fare il Marinetti, se non la parodia della celebrità?... Simile, almeno in questo, a Victor Hugo fanciullo, che disse: 'Io voglio essere Chateaubriand'; Marinetti si propose di diventar celebre come Gabriele D'Annunzio – Scrisse tra l'altro: un opuscolo 'D'Annunzio intime', e, più tardi, un libro intiero: 'Les Dieux s'en vont D'Annunzio reste'; ove la curiosità dello scrittore, eliminando quasi tutti gli altri fattori del complicatissimo fenomeno dannunziano, si ferma sul clamore di pubblico richiamo che ha accompagnato l'opera dannunziana, nel diffondersi pel mondo. Alla grandezza, alla gloria* (mi si permetta di porre?? assai, a queste supposizioni del Borgese) *di quell'arte, Marinetti restava insensibile: quel che gli importava era la sua celebrità. E parve fin d'allora aver fissato una bizzarra scommessa con sé medesimo: la celebrità? Vi farò vedere come si conquista. Da quel geniale dilettante ed epicureo, che era, non istette nemmeno un istante a pensare s'egli non avesse per avventura i mezzi di conquistare la gloria. Purché si facesse del frastuono intorno al suo nome! Ed inventò il futurismo*".

Non so quale smorfia mi farà il Borgese, se si udrà prendere per testimonio, e su queste parole, per mallevarmi la frase seguente: "E però il futurismo è l'esasperazione del dannunzianesimo; e F.T. Marinetti, futurista, nasce da Gabriele D'Annunzio". Dal D'Annunzio il Marinetti imparò le *Cento maniere di preparare i contorni per l'Arte*, abbondando d'arte, per suo conto, nel suo piatto, mentre il maestro era splendido di fumo e profumi senz'arrosto. Non si dee dunque credere che il Futurismo sia nato per una *reazione* al dannunzianesimo, che, anzi, col costringerlo a dichiararsi pubblicamente sino alla parodia, fu un intervenire a continuarlo sino all'esasperazione.

Dalle gesta confuse o facinorose dei Futuristi, che variano dalla scioaneria all'espropriazione anarchica, che comprendono così il San Francesco pascoliano ed il Bonnot d'annunziano, e danno in grande la imagine completa del vario autore di *Corrado Brando* e della *Contemplazione della Morte*, dovevasi subito presumere che il *Verso Libero* era assente, ed un giuoco doveva essere quello di mettermi a porta bandiera dei loro appetiti disordinati alla conquista dell'impero letterario.

Io non desiderai, né desidero di aumentare il mio dominio perché già *tutto possiedo*, essendo *padrone di me stesso*, la più difficile impresa a cui l'uomo si accinga. Non necessito, quindi, di alleati per guerre e non intendo promettermi in alleanza colli altri, che possono abusarsene. Le gesta, poi, di piazza su cui si ammirano, si avvicendano applausi, fischi, colluttazioni; in cui il buono e cattivo gusto son pretesto per far del teppismo a pugni; in cui si proclamano assurdità estetiche per l'imbecille folla, cui si va irritando per accalappiare meglio, – assurdità estetiche che non trovano le uguali se non nelle politiche ed economiche assurdità de' socialisti di politica, di affare –; questo gran fracasso di voci, di pugni, di sciocchezze mi irritano espressamente e mi allontanano sempre più.

Quello, invece, è il gesto topico e trionfante di Gabriele D'Annunzio: al poeta di Pescara, che incominciò la rovina, colla lussuria, delle lettere italiane contemporanee, sia imputabile la loro distruzione totale, colla violenza frenastenica futurista; al poeta di Pescara, solleticato e punto insieme sul libretto marinettiano, sia la responsabilità di questo crudele secentismo durato una stagione, ma con fortuna inciprignita; non a me, che incomincio a gustar il mio libro quando so che può essere piaciuto da solo dieci lettori; non a me, che preferisco la miseria, libero, alla ricchezza, schiavo: è al D'Annunzio, che fa volare i proprii eroi, i Wilbur Wright ed i Blériot, sul *Forse che sì, forse che no*; che si abbassa a descrivere e cantare machine e tormenti di guerra, per eserciti ed armate; è a lui, che *applaude il dispregio alla donna* come la *condizione vitale dell'eroe moderno*; a questi, che debbono rivolgersi li occhi riconoscenti le braccia tese all'amplesso, il desiderio di sempre più imitarlo. Nelle *Canzoni delle Gesta d'Oltre Mare* si è confusa la *Battaglia di Tripoli* marinettiana; sì che i due autori non si differenziano più.

Avrà conservato per ciò il *D'Annunzio reste*, lodato allora, oggi, la eguale efficacia di verità, l'identica sincerità? Se vi è evidente, e la si sente acidula, quella piccola punta d'invidia, che rialza il tono al periodo, pur tolto via il dubbio che l'antagonismo marinettiano abbia caricate le tinte al volumetto, il suo valore mi rimase immutato: e cioè: I) essendo una serie d'immagini d'annunziane riflesse da uno specchio simpatico ed affine sono quelle più esatte e più vive; II) concorrendo il Marinetti a quel vertice, su cui il D'Annunzio poggia, la foga e la passione di raggiungerlo lo faranno più audace, e, letterariamente, più spontaneo. Poi, se sull'uno e sull'altro, regnando il *trucco*, si ingannano a vicenda e nol confessano come li Auguri romani inchinandosi, non è cosa che ci riguarda. Non vedete sgargiare rosso ed oro l'insegna *Puff e Bluff*? Siamo noi che vi abbiamo dipinte le parole: le quali solo non uccellano e danneggiano coloro che sono rimasti dopo, ingenuamente candidi, a rimirarle senza suadere al loro invito, quelli che son classificati dall'altri, furbi, provati e gabellati, con dileggio: "Sciocchi!". Sì, che a loro servì la soprafina astuzia!

Se non che il Marinetti, anche considerato come il creatore del Futurismo, è qui al proprio posto e la critica *sui generis* ch'egli ha dedicato al D'Annunzianesimo, in genere, ed al D'Annunzio, in ispecie, non ha smuntato: chi mai più di lui doveva saperlo, come l'altro, sacrificatore e vittima nello stesso tempo di quella religione di cui il rito più essenziale, sostanzioso e sacrosanto è IL FUMO!

Per ciò io acconsento ad unire in *Antidannunziana* anche queste altre poche pagine, che vi fanno vedere il proprio D'Annunzio, spiegato da un suo rivale, la persona di lui compresa da un suo riflesso, con questa differenza che il rivale ed il riflesso hanno mostrato, in altre occasioni, quando non pretendevano a soverchiare, attitudini, capacità ed opere superiori.

Varazze, 27 Novembre 1912.

"PUFF" E "BLUFF"

Quando il buono e diligente Hérelle avrà sudato tutte le sue fatiche nella ricerca dei nomi preziosi ed esatti, delle arcaiche verbalità, dei costrutti singolari e speciosi, nel tradurre *La Nave*, e questa, all'*Odéon* od alla *Renaissance*, apparirà alla ribalta collaudata dalle abilità più in voga dell'istrionismo, sotto il nome di *Le Navire*; un'altra volta, divo Gabriele onorerà di sua presenza Parigi. Egli vi si crede aspettato con impazienza ed affretta corso alla stagione perché, dopo Trouville, i viaggetti per la Svizzera e la Bretagna, le caccie in Normandia, le vendemie in Provenza, tutta la città torni all'applauso e rinnovi, per lui, li entusiasmi delli snobs ed i sorrisi maligni e reticenti della critica invidiosa.

Starà infatti ad attenderlo la dama illustre, che gli prestò la sua mano, nel fondo di un palchetto semioscuro, feticcio e *portebonheur*, per tutta la prima rappresentazione di *Ville Morte*, fiasco sostenuto dalla dizione magica e dal porgere perfetto di Sarah Bernhardt: Lyane de Pougy, che già gli chiese un mimo singolare per sfoggiarvi le preziosità della sua persona, oggi, priva del correttore de' suoi romanzetti, Jean Lorrain, lo inviterà, forse, a occuparne la carica, non facile sinecura, per lasciarsi ripetere il complimento: "*Ah, quel joli visage*" per permetterle di confidargli la pena, non ancora medicata, della perdita della collana di perle, trecento grosse e tonde ed uguali, ciascuna delle quali rappresentò, per lei, un dolce ed intimo ricordo. E Ricciotto Canudo, suo banditor di lontano, gonfio di molta loquacità mediterranea, ben stemperata in francese, magnificando a dritta ed a manca la latinità, la grandezza, la possanza, la bellezza dell'unico *discepolo di Carducci*, battendogli dietro la gran cassa, sul *break* dipinto, stemmato e dorato del cavadente, gli si affretterà incontro, tutto ossequio, disinvoltura, rispetto ed officiosità; gli offrirà sé stesso e la sua penna scorrente, paraninfo e *Barnum* in sott'ordine di questo *bluff* abruzzese, di questo *bovarysme* epilettico e persuaso.

Troverà pure, tra le accoglienze cortesi e liete, questo piccolo volume: "*Les Dieux s'en vont, D'Annunzio reste*". F.T. Marinetti glielo ha composto con cura secreta e glielo porge, malizioso, come, dietro il carro del trionfatore è fama, che, in Roma, uno schiavo andasse ramentando vicino al Campidoglio la Rupe Tarpea.

Pamphlet, lo incominciano a dire i giornalisti francesi che se ne occuparono già: *pamphlétaire* il suo autore, ricco di estro garbato nel consacrare al poeta di *Laus Vitae* un libriccino ricolmo di misteri, di reticenze, di sottintesi, di graziette apodittiche. Il Marinetti si è compiaciuto di offrire le sue ironie divertenti e le illustrazioni barocche e geniose del Valeri, – il quale commenta in sintesi il testo con una sfoggiata e demolitrice caricatura – mentre li Iddii indigeti di Italia, Verdi e Carducci, presiedono alle nostre fortune dalla tomba; lo manda al pubblico d'oltre il Cenisio se vuole comprendere; lo destina al suo eroicomico eroe, mista persona di ingegno e di plagi, di lirica e d'istrionismo, di sincerità incosciente e di inavvertita e spontanea menzogna, se vuole degnarsi di conoscere, a paragone, la sua imagine vera. Fors'anche ha aggiunto un'altra pagina al grosso volume delle ciarlatanerie d'annunziane ch'io intitolo, per l'occasione, *Puff*. (Pronunciate *Peuff all'inglese*). Perché il *Puff* divenne una assoluta necessità e da Londra passò la Manica, le Alpi e venne tra noi; ha conquistato i suoi diplomi di naturalizzazione e di cittadinanza; è la menzogna allo stato di speculazione e alla portata di tutti, moneta corrente, gettone d'inganno, cambiale inesigibile, che circola liberamente per la società, pei bisogni dell'industria letteraria e no; è rappresentata da tutte le vanterie, da tutte le pagliacciate, da tutta la falsa sensibilità de' nostri poeti, de' nostri oratori, de' nostri uomini di Stato, ed ha per organo massimo *La Réclame*, ordigno, machina, velocità d'informazione, stereotipata bugia telegrafica, corruzione del gusto nazionale, scherno insistente, continuo e doloroso alla dignità severa ed alla onesta bellezza della nostra vita moderna.

Fors'anche Marinetti, che incalza la fama colla punta del fioretto alle reni, si valse del *puff* abruzzese per avvalorare il proprio; poco male, del resto, perché l'opera è coraggiosa e schietta, quand'anche affetti ritrosia e capzioso badaluccare di retorica, per cui le verità meglio appaiono, la critica meglio ferisce, l'omuncolo è, da più largo trespolo, messo in bando sulla piazza affollata e comiziale.

Il libro è dedicato *Alle Ombre di Cagliostro e di Casanova, squisitissimi e sorridenti imbroglioni*, poi ch'egli parla d'un ineffabile loro discendente e lo rimette al pari, amministratore fuori concorso di gloriola, per la stupefazione sciocca e spalancata de' borghesi, per la prurigine epilettica delli imbecilli, sospesi alle vicende rinnovate della sua vita e della sua poesia camaleontica e vagellante.

"I geni del Mezzogiorno – scrive Marinetti –, portano sempre, nella loro sacca da viaggio, doni imprevisti di finezza e di astuzia sfacciata, coi quali si giovano anche delle disavventure. D'Annunzio è andato persuadendosi, che, per conservare intatta e salva la riputazione d'artista, doveva indulgere, volta per volta, e concedersi il lusso di frasi, di gesti, di pose eccentriche ed inattese, da mandare in pasto alla curiosità vorace del grosso pubblico. Perciò ha l'abitudine di preparare accuratamente, davanti all'aspettazione di una sua qualunque tragedia, aneddoti imaginarii, indiscrezioni strane, che vengono raccolte e si aumentano nel viaggio per le gazzette, come la valanga, precipitando a valle, si fa enorme strisciando sul nevajo della china. In fondo, romba, come il tuono, ma si liquefa presto.

Il Pescarese ha accettato che parlassero di lui *I Presepii d'Annunziani*, mandatigli incontro, sino dal 1903, da Garibaldo Bucco con manifesto dileggio; ha ben veduto, che lo stesso Marinetti lo indicasse dal *Verde-Azzurro*, nella serie delle *Nostre celebrità*, col *D'Annunzio intime*, spunto di questo... *D'Annunzio reste.*

Può dunque ammettere necessario che alcuno lo faccia conoscere a Parigi, dove la sua insopportabile infatuazione sconcerta ed irrita le sue ammiratrici più devote; è logico che alcuno dica là giù donde vengano li spunti capitali delle sue opere, a quanti si numerino i plagi evidenti, dove il Mauclair può trovare una scena della sua *Couronne de clarté*, dove Paul Claudel un'altra della *Tête d'Or*; dove Henri Bataille tutto il motivo della sua *Lépreuse*, senza ripetere il resto, che, a suo tempo, ma senza efficacia, il Thovez aveva già denunciato.

È doveroso, che, colle turibolate delli ignoranti e delli interessati, anche i parigini odano le mirabili virtù di codesto uomo, che, falsando la storia delle origini italiche, ha l'impudenza di offrire a ciascuna regione italiana il poema etnico di sua razza; e vedono come la rinomea dello scrittore, per quanto possa essere solida, declina in queste deplorabili fanciullaggini, colle quali, la sua avidità di commerciante in versi e di postulante in gloria si studia di rendersi universale. Questo processo amministrativo da barbaro, che non rispetta se non il risultato pratico, di *Yankee* che ha adottato, non l'azione diritta e diretta, ma il *bluff* e tenderebbe ad imitare lord Byron, con minor grazia, con minore nobiltà, con maggiore soperchieria, ed emulerebbe i peggiori difetti di Victor Hugo, vago di sé stesso e gonfio delli incensi della clientela che lo sfrutta, è quanto ammira, sarcasticamente, da vicino il Marinetti. Egli sa e dice come ne sia composto; – ci mostra i pezzettini del mosaico variamente colorati; sorprende il proprio eroe nel suo paese natale, mentre conciona la sua omelia alessandrina del *confine-meeting* sfarzoso uccellatore di voti; – l'imposta davanti ai fischi delle platee, contro il suo Brando piccolo e vile assassino; – lo fa ancheggiare sulla bigoncia, se recita *La Canzone di Garibaldi*, esca ai sovversivi perché lo accettino; – lo segue a rivendicare la morte di *Greyhound*, levriere ladro di galline, in pubblica pagliacciata giudiziaria; – lo mette in guardia nel suo primo duello; – lo dettaglia alla prima rappresentazione di *La Nave.*

Marinetti gli gira in torno, lo loda, lo applaude, gli scocca contro un lazzo, lo fa sorridere; due, tre, lo annoia, lo irrita, lo confonde. Il giocattolo, che per interne molle cantava così bene, tace; la macchinetta è scomposta; tanto di filo di ferro, tanto di elastico, tanto di cartone, tanto di pelle, tanto di cera; poi la chiavetta che gira tre volte nella toppa e ricarica il meccanismo delle ruote dentate; quattro ruotine, che si prendono bene sul tamburo; il perno è di bronzo, perché su di lui il maggior sforzo. Ecco il fantoccio: ricomponetelo. E, mentre lo svita, lo apre, ne fa la nomenclatura ridicola e sottile, non cessa di ammirare la perfezione colla quale vennero preparati i dettagli, le parti, i minuti ingredienti: "Come bello! Ottimamente! A meraviglia!

Bambino prediletto dalla Gloria e dal Genio!". – Un'altra volta lo *snob* resta imbarazzato, se debba credere sul serio alla lode, o più tosto, alla insinuazione che sguscia tra le linee e qualche volta trabocca dal periodo: Marinetti lo intrica, lo coglie in fallo, lo rende perplesso. *"Puff"* – pronunciate all'inglese *"'Puff"*. Codesto è il sigillo profondo che si imprime sulla cera rossa e molle della nostra curiosa, insaziata, malevole ed indifferente società. Volete ingannarvi un'altra volta, e credere all'inganno e venerarlo e stringere nubi, fumo, fiato? *"Puff!"*. Questo vi giovi. Ogni civiltà ha i letterati che si merita; i migliori sferzano la nostra in volto colle verghe che ha porto loro come fossero giunchi da passeggio, o la trascurano, severi racchiusi in loro stessi maravigliosamente incompresi dai contemporanei.

Ecco, perché dopo tutto, *Les Dieux s'en vont, D'Annunzio reste* è un libro onesto e coraggioso; s'aggiunge, oggi, alla *Lettera* di Francesco Pastonchi, insorta l'anno scorso contro il vanto della *Prefazione* di *Più che l'Amore*; segue alle generose parole di Arcangelo Ghisleri: *Istrionismo e pusillanimità*; è necessario sgretolare, o col ridicolo, o coll'invettiva, codesta artefatta cristallizzazione di illustre superiorità mentita; mostrare l'artista e l'uomo nudo alla folla.

Questo è il vostro idoletto! Come amato? Quanto amato? Costui vi riassume e vi fa divertire, perché vi rappresenta. Oh, come piccolo, oh, come povero, oh, come nullo! E tutto qui: *bluff* e *puff*:

"Arma la posa e va a gabbare il mondo".

POLEMICHETTA

I.

Garibaldo Bucco ci scrive:

"Milano, 14 agosto 1908.

Illustre Direttore della Ragione.

Roma.

Giampietro Lucini – simpaticissimo lariano spirito bizzarro – non so che scoperta facesse, anni fa, ne' miei *Presepi d'Annunziani*; non la ricordo esattamente: certo, fu la scoperta... diamantifera del Lemoin che io rilevai nell'*Italia del Popolo* con la mia solita allegria.

Ora, nel numero 13 agosto 1908 della *Ragione*, ne fa un'altra col suo razzesco articolo *Puff e Bluff*; dice: 'Il Pescarese (leggasi *Gabriele d'Annunzio*) ha accettato che parlassero di lui i *Presepi d'Annunziani* mandatigli incontro da Garibaldo Bucco, con manifesto dileggio'.

Accettato? Ma io non offersi nulla! *Dileggio?* Ah, questo poi no!

Il caro Lucini, per tirare talvolta uomini e cose a la sua tesi, diventa... una camera oscura: capovolge, e via con l'arte sua. Stiamogli attenti: un giorno potrebb'esser capace di scrivere il *Luff* e *Tuff* di se stesso.

Pubblichi, illustre Direttore; grazie; ossequi

GARIBALDO BUCCO".

II. IL "PUFF E BLUFF" FA SCUOLA

Non lo credeva; da che fu troppo generosamente impepato di errori tipografici e decorato da una trasposizione di periodi, tanto da sconciarne tutta una parte; ma *Puff* e *Bluff* fu preso in importanza, vedo, e ne ho piacere.

È la seconda volta che Garibaldo Bucco mi si mette davanti, o paravento, o parafuoco, non so, per sé stesso, o per altri e s'intromette s'io parlo di D'Annunzio, e, per incidenza, de' suoi *Presepi d'Annunziani*. – Quando sopra una *quinta colonna* dell'*Italia del Popolo del 25 giugno 1903*, presentai un *Gabriele D'Annunzio che s'affacciava alle Laudi*, ed ebbi a dire:

"già di lui, un compatriota entusiasta e parente, Garibaldo Bucco, racconta l'infanzia progidiosa e principesca (il mirifico non si chiama forse nel *Laus Vitae* porfirogenito?): ed i *Presepi d'Annunziani* cominciano la serie che seguiteranno (hanno avuto seguito? domanda attuale) *Le Celebranti* ed *Il Mare*, nelle pagine de' quali la voluttuosa e molle figura del poeta abruzzese, bambino, dà per sé grandi promesse di avvenenza sgargiante e di superiorità, non rifiutate dai comuni e celebrate dai facili ad ammirare le cose che meno comprendono";

ecco, egli scattò con questa lettera, permaloso in sul punto che cerca di ridere; e l'*Italietta* ha pubblicato:

Egregi amici,

Mi fanno rilevare l'articolo genialmente capriolesco che quell'amabile... Anticristo di Giampietro Lucini scrisse per favorire "Laus Vitae" di Gabriele e i miei balzani Presepi di cui ancor nel mondo si favella e si scrive...

Grazie tante a Giampietro! Il quale, però, mi faccia il piacere e la cortesia di non darmi dell'"entusiasta" e del "parente": due cose che i Presepi, per sé soli, non autorizzano ad affermare. Io, poi, non sarò del numero di quei "facili ad ammirare le cose che meno comprendono!". Fatta eccezione, s'intende, per Giampietro... che meno comprendo e più ammiro.

Salute a voi, caro Cappa, e al simpatico Lucini.

Il 30 di giugno 1903.

Vostro GARIBALDO BUCCO.

Tollerai il *capriolesco*, per quanto le mie attitudini, se mi avessero permesso il funambolismo alla moda, sarebbero state sempre ridicole in questi giuochi di destrezza, donde i *clowns* di letteratura e d'altro, tutti quotidianamente deliziano le piazze d'Italia; e presi nota che il Bucco non era né *entusiasta* né *parente*; due qualità cui la lettura del suo volumetto suggerisce tuttora a chiunque. Ma pensai, che, se il suo non era *entusiasmo* doveva essere almeno *ironia*; e l'*ironia* è *dileggio*, a fil di logica.

Oggi, dunque, perché ho scritto e ripeto:

"– che Gabriele D'Annunzio accettò che parlassero di lui i *Presepi d'Annunziani*, mandatigli incontro da Garibaldo Bucco, con manifesto dileggio"; –

subito, il Bucco, giudica il mio articolo, *un fuoco d'artificio*, e mi fa, mercé sua, scopritore di diamanti alla Lemoin; il quale è un genioso cavaliere d'industria come... Cagliostro; a cui il nostro Marinetti ha dedicato... *d'Annunzio reste*.

Tante grazie, Signore: perfettamente libero di pensare di me come Ella vuole; non me ne curo. Dopo quella sua lettera questa è l'opinione ch'io ho del suo opuscolo: non è l'autore del mio parere? Che mi fa? Ma in qual modo interpreta l'*accettato*? – D'Annunzio ha accettato, perché non ha smentito; ciò che, per lui, avido di *réclame* avrebbe potuto giovare per una elegante polemica sul caso: *ha accettato, ha lasciato dire*: miseria! come mi leggono male questi letterati che comprendono molto bene D'Annunzio.

Ed allora lasciam dire ai destreggiatori di giuochi di parole a doppio senso in versi ed in prosa; non ascoltiamoli di più; il fermarsi a rispondere, può essere loro di qualche utilità. Quante copie, per esempio, stanno ancora nelli scaffali, invendute, di *Presepi d'Annunziani*? Non mi permetto il facile *reclamismo* di una inutile esumazione.

Puff e *Bluff* è divenuto una insegna esemplare e sintetica; ciascuno vorrebbe scriverle sotto il proprio nome. – Per conto mio invigilerò semplicemente onde, alle falde del mio soprabito, che non appare in questua d'occhiate e di raccomandazioni dove è folla fracassona, perché non ne ho bisogno, ma passeggia solitario, sopra sentieri d'alpe e non di facile accesso, non mi si uncini dietro nessun gendarme delle mie opinioni, o riveditore del mio pensiero. E, poi che, pare, io abbia la pessima abitudine – virtù, in questi giorni di meticolosa prudenza e di indeciso eludere – di capovolgere uomini e cose, non me ne dolgo. Afferro uomini e cose dal solo lato per cui possano rendere la verità: questo metodo mi è opportuno, oltre che in filosofia, nella pratica giornaliera; dove, se qualche seccatore insistente mi si impaccia alle spalle, lungo il mio astruso cammino, lo trabalzo, dalla rupe nel torrente. È un salto mortale, altro che capriola. E basta, caro Signore.

Palazzo di Breglia, il 18 agosto 1908.   G.P.
LUCINI.

III.

Garibaldo Bucco torna a scrivere:

"Milano, 31 agosto 1908.

Illustre direttore de *La Ragione*.

Roma.

Cinque giorni fa Le mandai una letterina *raccomandata* per rispondere a *Il Puff e Bluff fa scuola* di G.P. Lucini.

Quella letterina non la vidi pubblicata, e imagino che toccasse la non lieta sorte pel suo tono acuto; a parer mio, degna eco a la *fanfara* del Lucini.

Ho fatta la cura del bromuro, ed ora i miei nervi son queti; posso, adunque, far i miei rilievi con garbo singolare, e dico: *a*) Né *entusiasmo*, nel senso affermato dal polemista, cinque anni fa; né *dileggio*, in nessun senso, sconsecrato dal sottoscritto, cinque anni dopo; *b*) L'edizione de' *Presepi d'Annunziani* fu tutta venduta rapidissimamente, ed il Lucini non saprebbe trovarne un solo esemplare presso l'editore (ma come entrò questo nella polemica?; certamente, per l'onnipotente ospitalità del giornale). Non così il Lucini può dire de' libri suoi; e vedrà che eguale, o forse maggiore, fortuna sortiranno "Le Celebranti" e il *Mare*, che finirò di scrivere... quando potrò (notizia, questa, ardentissimamente desiderata dal mio furente oppositore).

Ed ecco, il Lucini è pienamente servito da uno che, in Arte, fa parte da sé stesso, e non si fa "trabalzare" da la spinterella... di un soprabito!

Pubblichi, illustre direttore; grazie, e mi creda, con altissima stima

Suo: GARIBALDO BUCCO.

IV.

Conclusioni? Non se ne traggono: ebbe per ultimo la parola il più interessato a voler *essere e no* considerato *d'annunziano*. Su via, che si decida! Ma, oggi, scommetto! dopo la *Canzone del Sacramento*, quella del *Sangue*, e, sopra tutto, l'altra dei

Dardanelli, egli si vanterà d'esserlo sempre stato. Se ciò gli dà piacere ed utile, perché non ammetterlo?

BRICIOLE E FONDI DI MAGAZZINO

Quod superest date pauperibus.
Novum Testamentum.

Qui vit sans folie, n'est pas si sage qu'il le croit.
LAROCHEFOUCAULD, *Maximes.*

....Trentun?

Caspita, Anselm, degh on quattrin per un.

CARLO PORTA.

"Tizio, che ne farò io di tutte queste eleganti ed esilaranti indiscrezioni, che i giornali di tutti i colori per carta, inchiostro ed idee, – la palanca solo contro cui cacciano è monocromatica di sudiciume identico – mi andarono depositando nella cartella delle cianfrusaglie? Esuberarono nel Testo, or fanno mole qui; ma perché trascurarle? Le credi di nessun valore?".

"Getta, getta le minimissime cose, fa che si disperdano, non si conservino".

"A te parrebbe? Ma se tutta questa minuzia non si fa storia, che cosa di più grande potranno raccontare sul tuo Autore?".

"Getta, getta, non fare il pitocco, davanti a questo generoso, davanti all'Imaginifico".

"Ma tu vorresti che non lo si ricordasse più? Sopprimere il vero psicologico? Il fatto? E che; ti sbagli: sarò un *de minimis*, ma colui non fu mai *de maximis*. L'opportunità mi invita a raccogliere queste ed altre simili briciole, resto del festino da Eliogabalo amaro e senza pro' ch'egli ci ha lasciato indietro, come contributo ad un *Corpus nummorum*, non di leggi o medaglie, bensì di quattrini fuor di corso e tosati".

"Tu vuoi dunque darci minuzzoli di metallo e polvere di scorie per più sostanziose miche di pane. Le tue Briciole sono improprie".

"No sono modeste. Vero è che tu sei abituato a titoli più sonori e folgoranti: *Le Faville del Maglio*, per esempio, in cui ti par di vedere questo grandissimo Vulcano di poesia battere, coll'enorme martello della sua volontà, sopra la propria testa, donde sprizzano e fiammeggiano quei nuovi mondi di idee di cui *Il Corriere* per antonomasia popola l'atrio e le sue colonne, con qualche utile alla cassetta sociale. No: lascio a costoro il vanto dei *forgerons* della più grande letteratura italiana: ma se a te par poco *Briciole*, non vorresti sostituirle colla più lunga leggenda: *Le pseudologie alla pietra di paragone, ossia, la Fiera de' Fasti d'annunziani*? Ti accontenti?".

1. AMOR FILIALE

La Preparazione ci mette davanti alcune lettere che il collegiale D'Annunzio scriveva, dai dodici ai diciasette anni, a suo papà, l'ottimo don Cicillo D'Annunzio, *alias* Rapagnetta:

"Mi piace la gloria, perché so che voi esulterete a sentire il mio nome glorioso; mi piace la vita, perché so che essa deve essere di sostegno e di consolazione alla vostra". Poco dopo, quando il vento della notorietà l'asseconda: "Padre mio, madre mia, vi ringrazio d'avermi messo al mondo; vi ringrazio con tutta l'anima di avermi fatto buono di cuore: io vi adoro, e, se la Patria avrà a gloriarsi di me, voglio che non a me ma a voi sieno date lodi". – Già a lui i quattrini, l'aura cortese ad altrui.

Se nel 1879 mandò fuori *Primo vere* domandava a don Cicillo: "Arriverò alle ultime vette dell'Arte e della Gloria, o cadrò combattendo?" Ecco: il povero borghese provinciale non avrebbe saputo che rispondere a quel mostro talentuoso del suo figliuolo; però qui è il caso di ripetere come sia il figliuolo che ha procreato il papà – Poi, donna Luisa aspetta, nella casuccia pescarese, il figliuol prodigo. Se voi l'interrogate, vi sa ricomporre, con stanco garbo lontano, ricordi d'infanzia dell'imaginifico. Ci giova sapere che Gabriele preparava ed accendeva da sé le sue batterie pirotecniche: i fuochi d'artifizio erano la sua passione; sì che siano di polvere pirica, o di parole è tutt'uno; faccian faville e fumo e poi si spengano con puzze nauseose e basta: codesta attitudine, se ha cambiato sede, non ha perso il suo carattere e la sua fortuna. L'altro dì il figliuolo, tanto per consolarla le mandò a dire, con molto laconismo:

"Cara mamma, penso a te".

La pensava con rammarico e tenerezza nell'ora che venivagli impossibile la vita in Italia, donde i debiti lo stavano sfrattando dalla *Capponcina*: e la vecchia a riflettere: "Egli incomincia ogni giorno la sua vita. Ogni giorno la sua ansietà è diversa".

Il sintomo è nevrastenico, madre misericordiosa e nella gioja e nel dolore: ché, anche nel trionfo, il figliuolo si ricorda di lei: e, quando uscì *La Nave*, eccole la primissima copia:

"Alla mia cara, cara, cara Mamma il primo esemplare con tutta l'anima. – Capod'anno del 1908 – Gabriel";

e quando venne applaudita in Roma, anche il cognato e genero rispettivo Sig. ing. Antonino Liberi se ne commove e le telegrafa:

"Gran successo trionfale. Gabriele fatto segno delirante dimostrazione. Commosso baciovi".

2. AMOR PATERNO

Le nozze colla duchessina Maria Hardouin di Gallese furono subito fruttuose; però che Gabriele D'Annunzio, essendo poeta in tutto, cioè plasmatore, costruttore, non poteva diminuire, in giuste nozze, le sue virtù.

Da *Villa del Fuoco*, il poetico rifugio che la coppia si era scelto lontano dalle indiscrezioni delli amici, il giovanissimo marito divenuto prestissimo papà, a Vittorio Pepe, pel quale nutriva molta affezione ecco come scrive, e per scusarsi del suo lungo silenzio, e per manifestargli le più care gioje della sua non comune paternità:

Villa del Fuoco 1. febbraio 1884.

Carissimo mio,

Tu hai mille ragioni e ti permetto di dire di me tutto il male possibile, ti permetto perfino di usare il verbo degnarsi! Ma concedimi almeno le *attenuanti*. La tua prima lettera mi giunse quando io era fra le trepidazioni dell'*avvenimento* imminente e le preoccupazioni di una novella da terminare. Il tuo *memento* mi giunse mentre io da buon padre somministravo al figliuolo mio strillante, belante, miagolante, piagnucolante, grugnente un cucchiaino di malva tepida. Con tutta la buona volontà, in nessuno dei due casi ebbi il tempo di prendere la penna. Sei placato, o feroce? Dunque io ho un bimbo, un maschio, un bel maschio con due sterminati occhi azzurrognoli e con cinque capelli biondicci. È una cosa molle, rosea, calda, palpitante, che a volte si muove tutta ed ha delli annaspamenti di ragno, delle graziette di scimmia giovine, degli accenti talora bestiali, talora sovrumani. Oh, la paternità! A *lui* ho messo nome *Mario* perché mi sarebbe parsa una *posa* mettergli un nome ricercato. *Bellerofonte* ti sarebbe piaciuto? O *Draghignazzo*, o *Zorobabele*? Ma parliamo d'altro...

In cui si vede come per D'Annunzio l'eufonia verbale nel nome del rampollo avesse maggior valore del resto, vero esteta in tutto, sino alla callopedia.

3. IL GIORNALISMO DEI GIORNI MAGRI

D'Annunzio, che si rivelò giovanissimo pur nella prosa alimentare de' foglietti e fogliacci periodici, vestì spesso di molti e strambi pseudonimi la varia e falsa letteratura, per cui poteva vivere meno male a Roma. Non è indifferente compitare i barbari monosillabi che invaghirono il giovinetto tanto da mettersi sotto il loro patronimico pronostico: *Floro, Floro Bruzio, Mario de' Fiori* e poi *Shiun-Sui-Katsu-Kava, Happemouche, Vere de Vere, Il Duca Minimo, Mambrino, Filippo La Selvi, Musidoro, Il conte di Sostene, Il marchese di Caulonia, Miching Mallecho, Myr, Mab, Swelt, Puck, Lila Biscuit, Morillot e Bottom.*

Sul punto, si era verso il 1883, nel frenetico sbocciare dell'*Intermezzo di Rime*, polposamente lussurioso: e, perché il Sommaruga aveva edito anche *Il Libro delle Vergini*, scritto in collaborazione sottaciuta con Guy de Maupassant, ed insignito da una titillante copertina, in cui sfoggiavano, mal disegnate, nudità complete tre femine, egli se ne sdegnò, dicono con tanta ira da rompere ogni rapporto coll'editore. Veramente, la ragione fu altra, ma non importa, e già ve la dissi: però fermatevi a considerare, che, anche i sudicioni, hanno la loro pudicizia, specialmente quando l'essere impudichi non giova loro più.

Ma, ed il risultato di quelli articoli sottoscritti così barbaramente e pur d'annunziani? Un certo Alighiero Castelli di Roma (? *ni vu, ni connu*, – vi è da temere, sotto questa maschera di paglia, una soperchieria: si era in un momento in cui stagnava ad acque basse anche la *réclame* d'annunziana, ché, alla fine ogni tino, come ogni scarsella, si essica) dunque un signor Alighiero Castelli, non è molto, se ne avrebbe voluto fare, esumandoli, l'editore.

Corrono i *reporters* al patrocinatore legale di fiducia Avv. Ferruccio Foà; lo bloccano con ardentissima curiosità sul portone della Corte d'Appello milanese: interrogano: stampano: non si tratta del maggior poeta italiano?

– Dica, avvocato: ma è possibile che Gabriele D'Annunzio s'acconci a lasciar ristampare in volume e a suo dispetto gli articoli pubblicati su per i giornali, così disse l'imaginifico, ai tempi della sua prima giovinezza?

– Non soltanto non è possibile, ci rispose cortesemente l'avv. Foà; ma il fatto è che egli si oppone alla pubblicazione che è stata annunciata, e difenderà il suo diritto. Proprio in questi giorni, io stesso ho provveduto a far intimare al signor Alighiero Castelli a Roma, una regolare diffida, avvertendolo che Gabriele D'Annunzio non intende in nessun modo consentirgli di effettuare la pubblicazione ch'egli ha in animo di fare. Sotto questo rispetto, le parole del poeta sono forse state male interpretate dal suo intervistatore; giacché io, suo avvocato, non ho mai dubitato un momento che l'impedirlo fosse nel pieno diritto del mio illustre cliente.

– È il destino degli intervistatori quello di sentirsi dire che non hanno capito niente. Tanto che non ho più nemmeno il coraggio di pregarla di accennarmi le principali ragioni di diritto che sorreggono la diffida intimata. Se non capissi niente nemmeno io?

– Questa non è un'intervista; e poi si tratta di principi fondamentali. Prima di tutto bisogna considerare che si tratta di articoli pubblicati in giornali, pei quali c'è un articolo speciale della legge sui diritti d'autore, l'articolo 26, che mentre ne permette la riproduzione in altri giornali, non conferisce la facoltà di pubblicarli separatamente... se non trascorso il periodo massimo consentito alla tutela della proprietà letteraria.

C'è poi un'altra ragione giuridica insormontabile: ed è che, essendo stati quegli articoli pubblicati con un pseudonimo, non può esser lecito, ad ogni modo, a nessuno ristamparli ponendo in capo ad essi non il pseudonimo, ma il nome dell'autore consacrato dalla celebrità.

– Cosicché...

– Cosicché il signor Castelli è avvertito che Gabriele D'Annunzio non gli permetterà di mettere in vendita il minacciato volume...

– E se Alighiero insistesse..

– Non vede che bei palazzi hanno fatti gli italiani per discutervi le cause contro gli ostinati?

Epirema: ciò significa che anche D'Annunzio può avere qualche volta vergogna di quel sé stesso, rappresentato, dai suoi Sosia, in un giorno di necessità.

4. D'ANNUNZIO IN AMERICA ED UN PACCHETTO DI SIGARETTE

A Filadelfia – Stati Uniti – si fondò un *Circolo filodramatico italiano* da quella colonia italiana e l'insignirono del nome sacramentale: *Circolo filodramatico italiano Gabriele D'Annunzio*. Con questa leggenda, a ditta ed a richiamo, su nel portone americano, che evoca il grande Abruzzese, è come se egli stesso vi facesse valere la sua presenza di Nume indigete.

Il *Circolo* persegue severi e nobilissimi intenti d'arte. In fatti, in una delle ultime sue rappresentazioni carnevalesche quei dilettanti, certamente tutti del meridione d'Italia, interpretarono: "*Don Felice Sciosciamocca fatto medico a forza di bastonate*". La burla all'Autore della *Figlia di Jorio* – cui uno Sciosciamocca, sotto forma di Scarpetta, ha lievemente mutato di sesso e connotati nell'umoristico *Figlio di Jorio* – non avrebbe potuto essere più saporita. Oh, Italiani fatti *Yankees* per amor del dollaro, avete imparato a divertirvi come Roosevelt e Buffalo Bill, alla americana: perciò rinfrescate ad oro fino le parole della vostra insegna: circolo filodrammatico italiano Gabriele D'Annunzio. D'oltre mare vi commendo, inconsci vendicatori della nostra letteratura e vi applaudo.

Il nostro grande poeta ha pur nelli Stati Uniti un fratello, il maestro Antonio D'Annunzio. Un due ottobre di qualche anno fa, nella Chiesa di Santa Croce a New-York, questi celebrò il sacramento del matrimonio con una sua cugina, Adele D'Annunzio. L'avvenimento commosse tutta l'americaneria di nascita e di passo; però che, poco dopo, si rappresentò *Cupidia*, l'operetta del maestro ben nominato, a cui valsero la più lussuosa e proficua premiere, oltre al merito, parentela e nozze.

L'impresario audace e genioso Re Riccardi aveva fatto offrire a Gabriele D'Annunzio L. 80.000 per una *tournée* di otto sue conferenze in America, colli annessi e connessi di alloggio, viaggi, divertimenti, ecc. L'Imaginifico gli fece rispondere: "Non sono disposto ad attraversare l'Oceano per un pacco di sigarette". Bisogna ora domandargli: "A qual prezzo avete valicato le Alpi?".

5. DI VARIE SCOPERTE ED INVENZIONI

Buon'anima Antonio Fogazzaro e buon'anima Giovanni Pascoli solevano dire, che, qualunque cosa imprendesse a fare od a trattare D'Annunzio, questo ne sarebbe riuscito ad encomio. Non fu precisamente l'opinione di Giosuè Carducci e di Mario Rapisardi, i quali, se sconcordarono in tutto il resto, erano perfettamente solidali nel diffidare delle virtù del Pescarese. Quanto a me, postremo, sono del parere dei primi due, quand'essi si limitino nel *qualunque cosa facendo*, a quelle bisogne che importano l'opera del canottiere, del cozzone, del saltimbanco, in cui nessuno sorpassa l'Autore della *Laus Vitae*.

Comunque, anche in altri campi, e nei dì della sua massima fecondità, mentre cesellava il verso, o meditava la trama di un romanzo; mentre accordava, a Re Riccardi, *Più che l'amore*, ad un impresario milanese una comedia comica *I pretendenti* (a chi ne sa, oggi, notizia mancia competente), e, con Puccini, si era impegnato per un nuovissimo melodramma aveva serbato tempo e lena per iscoperte chimiche e trovato mecaniche della massima necessità ed interesse. D'Annunzio alchimista, davanti alle sue storte, ai suoi lambicchi, ai suoi fornelli, cercando il *Lapidem philosophorum*, o l'*elisir di lunga vita*, o l'*aurum potabile* ha trovato, da più sagace profumiere e parrucchiere, un estratto cosmetico.

Sì: il poeta ha scoperto un profumo, e vuol lanciarlo in commercio al più presto sotto il fatidico nome di *Acqua Nunzia*. Egli s'era rivolto ai più rinomati profumieri italiani e stranieri per ceder loro la sua invenzione, ma o perché non fossero del tutto persuasi della bontà dell'acquisto, o perché trovassero eccessivo il prezzo a cui D'Annunzio si mostrava disposto a cederla, le trattative non vennero a nulla di concludente. Ma D'Annunzio non è uomo da perdersi di coraggio, e se non riuscirà a formare una Società che voglia assumersi l'*exploitation* dell'*Acqua Nunzia*, egli penserà a lanciarla da sé. Frattanto ha già pensato alla forma e alla varia dimensione delle bottigliette, alla dicitura delle etichette, alla *réclame* strepitosa che dovrà accompagnare la prima comparsa in pubblico di questa nuovissima... creazione Dannunziana, e persino al prezzo – non troppo lieve, se siamo bene informati – ch'essa dovrà avere in commercio. L'*Acqua Nunzia* sarà una semplice acqua di lavanda, dal profumo sottile, ottima per i raffinati, ma praticamente efficace sopra tutto per l'immaginifico suo scopritore!

Ma che è l'*Acqua Nunzia* di fronte alla scoperta del budello di un nuovo pneumatico, da far ira ed invidia alle *gomme Talbot*? Da far arrossire l'industria dei Pirelli della cui meravigliosa elasticità nessuno più dubita, fornendone oggetti indispensabili al canonico, all'impotente, all'amatrice malthusiana, ai cavi telegrafici sottomarini, ed ai signori senatori e deputati d'ambo le... età?

Poi se dal cautciù rivolge il poeta le sue cure alle ruote, poco o molto lubrificate, ecco ch'egli stesso ci racconta, nel *Proemio* di *La Vita di Cola Di Rienzo*, il risultato della dedalea fattura.

Era l'ordegno costrutto con acume leonardesco, munito di molle nascoste che rendevano mobili e agevoli i quarti liberati dal cerchione rigido; e doveva su le vie attonite della terra sottentrare a quella tronfiona della gomma che non si salva dall'insidia dell'astuto chiodo e della vendichevole selce. Nel giorno della prova, cigolava con un suono tanto inaudito che perfino i cani più petulanti e i più tardi paperi fuggivano al passaggio. Sul primo virare, si sconquassò come un vecchio ombrello investito dalla raffica.

6. D'ANNUNZIO-PIETRO MICCA,

O IL PIÙ GRANDE "SPARON" D'EUROPA

Alle ore otto della mattina del 14 luglio 1908, D'Annunzio appariva l'atteso Magister Maximus di una mina colossale, allo sperone di Monte Maggiore, presso Carrara, donde dovrebbero uscire duecentomila metri cubici di bellissimo marmo, per ricordare, al tempo venturo, li uomini e li avvenimenti di cui la storia non crede di considerare il nome ed il risultato. Ottomila chilogrammi di un potentissimo esplosivo disgregarono dall'alveo materno il blocco; l'elettricità era stata incaricata a portarvi il fuoco dell'esplosione; la mano che scrisse i più bei versi italiani, dopo la *Divina Comedia*, fu quella che suscitò, di un rapido gesto misterioso e miracoloso la scintilla, in cospetto della folla e dello stato maggiore di artisti e di *snobs* che circondavano il poeta ed avvaloravano col rumore e le molte persone la festività rumorosissima.

Per questo, i giornali, trovarono ai loro articoletti un titolo superlativo: "*La più grande mina di Europa*", essendo che l'iperbolismo regna e regge le stereotipie quotidiane della gazzetteria. D'allora ad oggi, converrà nominare D'Annunzio, l'incruento Pietro Micca altore di materiali primi per la statuaria, un altro titolo alla nostra benemerenza. Noi non abbiamo potuto, come Carlo Fontana, Plinio Nomellini, il Bistolfi, il marchese Origo, circondando delle loro cure l'Imaginifico, assistere allo spettacolo e riconoscere *de visu* e di presenza la commozione del poeta, che vi era accorso "con una mortifera automobile di novanta cavalli, con ansia e condegna preparazione allo spettacolo, memore di lontano giorno": ma il nostro *Guerino*, messo per l'importanza all'intervista, nella vigilia, ha potuto raccontarci, essendo stato ammesso nella sacristia del sacerdote, in che modo egli, e con quali sacri indumenti, si preparasse alla cerimonia "memore di lontano giorno":

L'Imaginifico mi precedette nella Capponcina. Le aule erano spoglie; qualche cassapanca; un giaciglio di paglia; qualche lampadina da minatore sospesa alla volta. Gli arnesi del mestiere erano raccolti in un angolo.

– Ecco la mia casa, da oggi. Io l'ho ricondotta ai principî. Ho risospinta la cosa degenere ne l'utero de le formazioni integre. Troppo era essa pomposa di superposizioni voluttuose. Al culto de 'l morbido ho substituito il culto de 'l duro. Ora parto per le sommità Carraresi. Indosso ora le vesti de l'artiere.

Gittò via in un momento il suo involucro mondano. Con la rapidità propria dei grandi poeti, esso apparve nudo nel mezzo della stanza. Le pareti, il pavimento, il soffitto, le finestre si compiacquero un poco di lui che era una meraviglia rosea con una puntella di peluzzi biondi sul mento. Udii come un remoto spasimo di donne bramose, ascendere dalla distesa dell'estate toscana verso il bel viro. Egli pure lo udì, ma vi oppose risolutamente le spalle.

– Incomincia il rito, disse.

Entrai in istato di riverenza.

L'Imaginifico indossò un paio di calze di seta nera, rude opera di mano filatrice, ben diverse dai delicati tessuti delle macchine; poi indossò una flanella di peluria di cigno neonato, assai opportuna difesa dalle umidità del sottosuolo; sopra di essa stese una molle camicia di batista color mezzogiorno del proletario; un paio di mutande di vivace panno turchesco per rallegrarsi le solitudini e le oscurità della miniera; dei calzoni aspri di velluto negro tolto da una vecchia zimarra di Michelangelo; una blouse di raso turchino semplice e frugale; delle scarpe di cuoio durissimo profumato all'essenza di rose. Per completare la sua vestizione si collocò sulle palme de le mani alcuni calli di finissimo lavoro, estirpati in una notte di luna, mentre cantavano gli usignuoli dai piedi d'una ninfa, con arnesi d'oro disinfettati all'acido borico disciolto nella rugiada.

Così vestito, il maestro era solenne. Un che di asprigno gli traluceva dal viso; egli pareva un titano visto col cannocchiale alla rovescia.

– Ora parto, disse. Avrete letto sui giornali che si sta empiendo di migliaia di chilogrammi di polvere la bocca dura d'una mina. Da giorni e giorni, degli uomini silenziosi e tragici premono il generatore de 'l rombo e de 'l fuoco in una escavazione lunga che andrà ad attingere il cuore senza palpiti de 'l monte. Io sono stato chiamato a dar fuoco a la mina che dovrà scuotere mezzo milione di tonnellate di marmo bianco...

– Oh anima intrepida! E non ha paura?

– La paura ignoro. Io mi porrò senza un brivido a qualche chilometro da la formidabile mina. Premerò il bottone che scaricherà l'impulsione elettrica, chiudendo gli occhi, e forse solo facendomi turare le orecchie. Resterò immobile al mio posto, guardando la morte con ilare viso; e canterò anche una canzone trionfale, al fuoco laceratore, a colui che cresce, si dilata, lacera, erompe! Vedrò i macigni volare; la danza de le rupi, furente a 'l ritmo de 'l mio polso. Tutta una petraia ossea, lucente, candida, generata da 'l mio gesto, avulsa da la sua stasi antica per la determinazione ignea de 'l mio imperioso desiderio! Il dominatore de li uomini ascende ora al trono de la materia universa. Io movo la guerra a le montagne dentate; io solo, tra i popoli stupefatti, patefacio l'ostinata opposizion de 'l marmo...

– E di quel mezzo milione di tonnellate di marmo, Maestro, che ne farete?

– La base de 'l mio monumento, rispose.

Poi afferrò il piccone, uscì da la gran porta, e andò in mina.

7. GABRIELE D'ANNUNZIO IN INCOGNITO

L'incognito è quella figura politica e retorica per la quale i re di corona e di poesia si fanno più noti tra il volgo. Esso funge, per loro, come l'incoronata *Humilitas* in sullo stemma dei Borromei, e l'orgogliosissima modestia in sulle lettere manzoniane. Oggi, precipuamente, si valgono dell'incognito Guglielmo II, affezionato alle turgide grazie callipige della romanità, e Vittorio Emanuele III, compreso monarca di socialismo e di numismatica: per maggior ragione l'usa l'imperatore d'ogni lirica D'Annunzio I ed Ultimo.

Si recò egli, un dopo pranzo del giugno 1909, con velocissima ed elegantissima automobile, proveniente da Firenze, alla celebre abbazia di Montecassino − abituata alle visite del Kaiser Hohenzollern − là dove l'abate Tosti, vittima della politica ecclesiastica del frettoloso Crispi, morì di glorioso rimorso, venuto in sospetto al Quirinale, sconfessato dal Vaticano; − e vi scese, sorridendo, per visitarvi quella ricchissima biblioteca e li archivi, senza farsi riconoscere dai monaci, custodi del monumento.

In foresteria gli fu presentato −come si usa − il registro dei visitatori, per apporvi la sua firma. Ed egli firmò: "Gentile d'Albenga". Senonché la fisonomia... l'eleganza... la provenienza, lo avevano già... reso sospetto; la firma lo tradì completamente. "Ma... non è ella il sommo D'Annunzio?" arrischiò un professore. Ed egli pronto, originalissimo: "Io, quell'alta cima? Ma loro sognano?". Null'altro: volle visitare ogni cosa, ammirò, e la sera stessa ripartì alla volta di Napoli, lasciando a quei monaci "napoletani" largo campo di pettegolezzi "ncoppa à pazzia e à superbia d'ò poeta".

La novelletta è ben parafrasata, per quanto tradisca l'origine dei classici incunaboli del gazzettiere. Chi non ricorda l'episodio dell'incognito del Margravio Federigo di Prussia, li altri di Giuseppe II d'Austria? Vi è una scena nei *Due Sergenti* piena di patetica commozione, in cui il gesto di sull'incognito regge un intiero atto: l'istrionismo di D'Annunzio si sarà divertito, in quel dopo pranzo del giugno 1909, ad assaporare i diversi giuochi fisionomici dei volti de' frati di Montecassino. E perché questi non sono allocchi ed asini, come il suo pubblico, vi avrà letto le smorfie sdegnose della riprovazione e le altre più irritanti della commiserazione.

8. GESSO D'ANNUNZIANO IN TRIBUNALE

In quella confusione di poesia e di codici, che è la vita di D'Annunzio, noi lo vedemmo spesso comparire in persona, davanti il magistrato, o per una promessa non assolta, o per brevissimi adulterii, o per trascurabile dimenticanza nel pagare un conticino, o per difendere il nome e l'onore di un suo levriere, o per protestare contro il venditor di una cavalla a lui contagiata da tare pericolose e nascoste, o per sentirsi condannare alle solite contravvenzioni perché l'automobile pindarico correva più del bisogno sulle prosaiche strade del regno d'Italia.

Egli compariva, o si faceva rappresentare, nel pretorio, col seguito necessario di legulei, causidici, giornalisti, ballerinette, sfaccendati, invidiosi, plebe: un'altra volta vi esposero invece la sua effigie. Sì, un gesso. *Peko*, inventore e fabricatore di umoristici *magots* in comunissimo solfato di calcio, aveva popolato le bacheche dei negozii cittadini delle sue plastiche caricature; erano li uomini celebri delle lettere delle arti e della politica, che postillavano dei loro grotteschi le passeggiate spesso monotone, dai banchetti delle vetrine prospicenti, ricordo e memento, gajezza e malinconia nostrana. Le statuine di D'Annunzio, Mascagni, Marcora, Leoncavallo erano le più benevise; perciò molti esemplari se ne acquistarono; sì che anche l'ironia in gesso diventò un affare. Ogni affare ha la sua frode e la relativa astuzia. Le trovarono il prof. Carlo Fumè, Roberto Heriquet, negozianti d'oggetti d'arte e chincaglieri, colla complicità di Ulisse Cornacchia, modellatore: ma si affrettò a denunciarli per contrafazione il solerte *Peko*.

Ohimè! Se tutti i contrafatti dal Divo in statuetta avessero fatto valere le proprie ragioni! Non insistiamo: le statuine si rizzano in sul tavolo presidenziale della giustizia eguale per tutti.

Gesso, amici miei, gesso innocente ed apolitico e comodo, facile a ridursi in polvere ed in nulla, al capriccio delle rivoluzioni ed alla verità della storia: – gesso: D'Annunzio, Mascagni, Marcora, Leoncavallo, ed altri, ed altri: e conveniva insistere sulla privativa privilegiata, in Italia e fuori, di plasmar questi niente, quando tutti li uteri, non richiesti ma prepotenti al loro ufficio fatale, ne elaborano, in vera carne e sangue, ne racconciano e ne scodellano mille al dì? Orgoglio professionale, avidità di gessajuolo lucchese, perché non imitare Guy de Maupassant, Zola, Ibsen, ed il resto della caterva magna, spossessata di frasi, idee, svolgimenti scenici, intrecci dal Pescarese? O, *Peko*; se voi non querelavate, risicavate di comportarvi come un uomo intelligente.

9. IL MISTERO DELLA CALVIZIE SVELATO

Il giovane Cesare, di cui non dovevasi sospettar la moglie – ciò che non gli impedì d'essere egli stesso la moglie di molti mariti –, per mascherare la propria calvizie, adottò, per solita acconciatura ed insegna, il lauro della corona trionfatrice: d'indi in poi il punzone impresse, incoronati dalle viridissime foglie, tutti li imperatori; ultimo se ne vanagloriò Napoleone il piccolo.

A personaggi di guerra, rimedii eroici e marziali; a celebrità di poesia, le favole. Ed ecco che le attuali glorificazioni francesi-d'annunziane intoppicano nella sua scarsità di capelli. E, mentre, in Italia gli si vende il letto, a Parigi, si novella per rendergli tragicamente patetica quella mancanza. Udite: fan dire a D'Annunzio, colla sua solita eloquenza, così:

– Sapete signore, come perdetti la mia capigliatura? In un duello.

Ma qual è la spada, quale la pistola che può asportare tutti i capelli d'un uomo? Gabriele D'Annunzio aspetta che lo stupore e il brivido femminile destato dalla sua affermazione cessino e poi spiega d'essersi battuto un tempo con uno dei numerosi mariti la cui moglie aveva avuto troppa dedizione verso il suo lirismo. Fu ferito alla testa ed il medico fu tanto commosso durante la medicazione che sbagliò recipe e gli versò sul cranio deteriorato una droga terribile la quale, destinata alla cura dei calli, generava invece un'alopecia fulminante.

– Quando s'accorse dell'errore –gemette D'Annunzio– era troppo tardi; io ero irrimediabilmente calvo... e mi rassegnai".

Dove si vede che quel medico lo curò da veterinario: ma egli, oh! si rassegnasse ad essere appena calvo!

10. ESEMPIO DI ARGUTO E BELLO SCRIVERE.
LETTERA FAMIGLIARE

Siamo ancora a Parigi, la città della indulgentissima sciocchezza mondiale, dell'intransigente genialità francese: *gogos* e *snobs* si gomitano coi filosofi ed i nihilisti sui *boulevards*.

A Parigi, dunque, la presente metropoli del D'Annunzio dove si è rifugiato e con lui l'aristocrazia dell'intelligenza universale, cacciato dovunque in bando s'egli è d'ogni luogo in ostracismo; – a Parigi, il Poeta viene invitato dalla pittrice Maddalena Lemaire a tenere una conferenza alla *Università di belle arti*. Era codesta gratuita? O l'uditorio non squisitamente e bello e *select*, come il Pescarese richiede? Gli doleva la gola? Comunque, la signora Lemaire ha dovuto leggere alle proprie allieve questa argutissima lettera di rifiuto, autentico capolavoro.

Così, perché non corra i pericoli di ogni scrittura impressa sui giornali quotidiani, mi affretto a ristamparla su carta più duratura e meno comoda – perché costa di più – ad esempio specioso d'epistolografia.

Cara signora. Ho veduto or sono otto giorni il nostro maestro Anatole France sottoporsi alla vostra graziosa ed imperiosa ostinazione sul palco provvisorio che avete elevato nella Università di belle arti, per il piacere femminino di torcere il detto del buon Orazio e persuadere le vostre candide allieve, che la poesia è come la pittura e la pittura come la poesia. Avrei dovuto dietro le vostre graziose insistenze succedere a quel musicista perfetto che ancora una volta ha affascinato con la "discordante concordia" del suo spirito, in cui tutti gli aspetti della verità e dell'errore sorridono insieme divinamente. *Concordia discors*, avrebbe detto della sua diversità misurata come dell'organo numeroso di re Mattia Corvino, uno dei suoi dotti confratelli del 15° secolo mediceo. Ma, ahimè, io meriterei soltanto l'epiteto, se osassi per tante orecchie delicate sostituire alle melodie delle api attiche che dimorano sulle sue sagge labbra, il ronzio dei miei mosconi napoletani.

Sapete che quando i cortesi cronisti mi fanno l'onore di glorificare le mie piccolezze nelle loro gentili fantasie, mi fanno inevitabilmente cominciare con un "Moussiou, ze suis". In nome del cielo, cara amica, non insistete dunque. Se ho avuto la folle temerità di scrivere un lungo poema per essere ammesso nel numero dei buoni spiriti italici che onorano la lingua francese, come direbbe il vecchio autore della "Concordia delle due lingue", confesso non senza arrossire che "ze suis" incapace di ben parlarla. Ma come potreste rimpiangere il mio balbettamento, poiché avete sul vostro palcoscenico fiorito due lettrici mirabili? Mi rallegro pensando che l'una e l'altra voce arricchiranno oggi alcuni ritmi dei miei sogni meno pericolosi nella nobile scuola, in cui voi eccitate le pure giovinezze alla aspirazione espressa dal più alto grido del mio poema: "O bellezza, vivere e morire per te".

11. DI ALCUNE UTILI SUPERSTIZIONI

Gabriele D'Annunzio gioca al lotto ogni settimana. L'ha confessato egli stesso a Jean Carrère che lo intervistava per incarico del *Je sais tout*. "Non amerei Napoli se non giocassi al lotto regolarmente. E non m'è occorso d'essere sfortunato! Un giorno – ero in viaggio – appresi senza dispiacere d'aver vinto sessantamila lire". E glielo annunziava il fido Rocco con un dispaccio che diceva: *Sessantamila lire, deo gratias. Rocco*. Il poeta non ha detto se poi l'importo della vincita sia stato riscosso: ha preferito parlar d'altro, sorridente e lieto per il suo attuale soggiorno francese che gli dà svaghi brevi dopo giornate, anzi nottate di lavoro. Poiché – e questo è già noto – il poeta preferisce i silenzi notturni per le estenuanti fatiche cerebrali.

Ma non solo il Poeta si affida, da buon quasi-partenopeo, all'alea dei numeri innocentati, per cui anche il regno d'Italia fa la propria concorrenza al bestemiato Montecarlo ed alla religione cattolica, ambo larghi di promesse venture – con qualche intervallo – in questo e nell'altro mondo; ma frequenta Pizie dozzinali, magnetizzate e chiaroveggenti, strologatrici, e teme la morte, e si affida al sortilegio, ed abborre il *13*.

Oh, come gli sorridono e lo compiacciono le *Consolazioni delli Umili*. Parrebbe che Maeterlinck ne abbia scritte le pagine per lui, coi piccoli misteri comunissimi, col fradiciume del mistero cotidiano, colla miseria compassionevole del feticismo urbanissimo della plebe contemporanea, dame e pedine, che, tra il credere sì e no in Dio, si affida meglio alla fattuchiera. D'Annunzio, che è nato femina barbara, non può sottrarsi, come una sua qualunque Figlia di Jorio o Basiliola, al fascino del fantastico e della stregoneria, ammanito in una chicchera di caffè, od in un mazzo di carte segnate.

Dolcissime e torbide pene, nell'aspettare inquietamente l'avvento di una profezia! Accostiamoci ad un suo biografo, che è pur figliuolo, il Gabriellino: egli ce ne dirà il patema vario e complesso, tra la paura e la speranza che si avveri il trapasso, affrontato dal poeta con grinta stoica e cattolica ad un tempo; però che colui, che giuoca al lotto, può anche accendere ceri alla taumaturga imagine del Sant'Antonio suo giocando menzionato per tutto il mondo, ed aver cieca fede nei manubrii, come indispensabili collaboratori di Fedra, e patir la mania superstiziosa, per cui può affidarsi alla predizione di una falsa e modernissima pitonessa.

Quando venne il giorno fatale egli fu sin dal mattino in preda, non alla paura ma ad una specie d'orgasmo, che alimentava con la sua avidità di acri sensazioni. Ed accadde veramente che i casi più impreveduti e più fastidiosi gli si presentassero quel giorno, quasi un presagio e un ammonimento del suo prossimo fato. Al mattino, com'egli era disceso in città dalla villa di Settignano per iscongiurare appunto taluno di quei fastidi, mentre attendeva che la sua automobile, fermata in mezzo alla via Calzaioli da un ingombro di veicoli, potesse riprender la corsa, dall'alto d'una casa in riparazione cadde un mattone che gli sfiorò il cappello e s'abbatté sul predellino dell'automobile, spezzandolo. Non dunque sotto la percossa d'un vile laterizio doveva egli morire... Ma forse il destino gli riservava una morte più conforme ai suoi gusti: una morte equestre. E nel pomeriggio, facendo la sua solita galoppata, egli spinse il cavallo contro i più duri ostacoli, come per tentare la sorte, per iscovarla dal nascondiglio insidioso donde gli tendeva l'agguato. La prefezia non si compì. Quella sera, coricato nel suo letto, attese vegliando lo scoccare della mezzanotte, ultimo termine di vita assegnatogli dalle pitonesse, e sorrise più volte alla tentatrice rivoltella pendente dal capezzale, non senza una certa vertigine d'afferrarla... Queste cose egli mi raccontò un giorno con un'efficacia di parole che non so riprodurre, e con sulle labbra quel misterioso sorriso che suol velare d'ambiguità il suo discorso, quand'egli si diverte a stupire l'ascoltatore. E soggiunse: "Da oggi sono immortale, perché ho superato la morte". – *Quod est in votis*.

Oh sì! egli fu allora immortale; perché vive in carne ed ossa tuttora gli è d'accordo anche La Palisse: ma un'altra volta, più recentemente, *superò la morte* – potrà mai debellare l'oblio colle sue opere? – quando, a D'Annunzio, un buon uomo di suo confratello comediografo, Gabriel Trarieux, che consacra volontieri alcune delle sue veglie, non dedicate alle quinte, alla astrologia, pronunciava il volere degli astri: "Morirai presto!". Brrr! Quale brivido per la schiena! due miseri e soli anni di vita appena! Per la qual cosa, non converrebbe, da parte nostra, rispondere alla predizione col solito e mal auguroso: "crepi lo strologo!".

Comunque, il maggior interessato se ne guarda. Para il malocchio, la jettatura, il *guignon* al giuoco, a tavola ed in letto coi preservativi *ad hoc* sufficenti a qualunque scongiuro. Se non basta il cornetto di corallo crispino, ritto e provocante, sulla punta del quale si calamitano tutte le avversità spossessate della loro nequizia, – rude simbolo del *phallus* propiziatorio, vestigia delle antiche religioni latine verso le divinità generatrici –; se non basta il cornetto di corallo, appeso ciondolo alla catenella dell'orologio, si schivi almeno *il tredici*.

Fatalità: in ogni atto più comune, per 365 giorni ossia per 52 seguite settimane, per quanto durerà il 1913 appena incominciato, la cifra maleficente dovrà ricorrere sia si firmi un contratto di semplice locazione d'opera – metti col primo maestro di musica o pel primo impresario – sia si sottoscriva, datando una lettera anche d'affari a – metti – alla Rubinstein. Ma, all'inconveniente ha sopperito la genialità d'annunziana. Esempio: ve lo racconta il *Resto del Carlino*, che vuol sempre trovarsi d'accordo con coloro che gli nutriscono gratuitamente il giornale:

Giorni sono Gabriele d'Annunzio faceva pervenire al professor Giorgio Del Vecchio una copia della vita di Cola di Rienzo colla dedica: "*A Giorgio del Vecchio annum novum bonum faustum felicem*": era un omaggio al filosofo pensoso dell'italianità, era un saluto allo spirito colto che aveva invocato il D'Annunzio sulla cattedra di Bologna; ma dove il volume acquista sapor di curiosità è nella data che conclude la dedica: da buon abruzzese, spirito timoroso delle sorti e dei numeri, Gabriele d'Annunzio non ha osato scrivere il millesimo 1913: ha ricorso ad una circunlocuzione aritmetica: ha scritto 1912 + 1! e ha fatto precedere al numero un cabalisto segno di scongiuro.

Sarebbe curioso a sapersi se il Poeta seguiterà tutto l'anno a segnar così la data.

12. L'ULTIMO RITRATTO

Nessuno di noi avrà, spero, dimenticato che il più assomigliante ritratto di D'Annunzio, sia al fisico che al morale, è quello di cui ci diede notizia il maestro De Titta, e che venne tracciato linearmente, col nero del *fusain*, sulla muraglia bianca del suo studio dalla celebre ed illustre mano del píttor Michetti, oggi, senatore. Quel disegno sommario, ma inarrivabile, descrive il contorno della figura di *un girino* – capocchia voluminosa e rotonda, appendici quasi filiformi – in cui è doveroso leggere, senz'altro, la fisionomia del nostro grande poeta.

Se non che, un ex maestro di scuola, Vico Viganò, che fu lodato da coloro che non se ne intendono come un acquafortista di cartello, dopo d'aver delineato l'effigie di Carducci, di Pascoli, delli amici – come *Zi Meo* –, e delli animali pascoliani, ha creduto obbligo suo bulinar anche quello del Pescarese. E, nell'agosto del 1912, il torchietto estetico del Viganò impresse, su buona carta spessa e bibula, la figura d'annunziana vista a traverso il suo temperamento veramente da ex maestro di scuola.

Oggi, alcuni pretendono che questa incisione dia il più vero e maggior Gabriele in effigie, come sostengono che il Viganò sia un grandissimo artista, pel fatto che volle disegnare anche le bestie esopiane ricorse in *Myricae* ed in *Canti di Castelvecchio*. Tra questi si spinge in su Giovanni Bertacchi, professore e poeta, o poeta-professore, retico, per di più, assai umile, ma non per questo schivo di sedersi – se gliela offriranno – sulla seggiola della catedra bolognese, ultima ambizione della nostra retorica. Egli, argomentando dal già fatto dal suo più umile collega Vico Viganò, gli vorrebbe anche affidare la commissione – ed eccita il governo perché gliela affidi – di illustrare le liriche di Leopardi, tanto, dice il Bertacchi, è Leopardi affine all'ottimo Giovannino. E soggiunge:

La significazione pittorica della poesia leopardiana consiste precisamente in quel muovere costante del pensiero poetico dagli immediati spettacoli naturali; e l'opera di un valoroso paesista che si volgesse a interpretarla, gioverebbe a una più esatta estimazione di quella, perché metterebbe in giusto rilievo la grandezza e la importanza che gli elementi della natura tengono pur sempre in essa poesia.

Già, uno tra i nostri migliori mi ha confidato d'aver fatto proprio questo bel sogno d'arte, di cui anni sono gli venivo parlando. Egli vi si è addestrato illustrando, col suo sapiente bulino, parecchie pagine del Pascoli, di cui colse con tocco felice alcuni fra i più vivaci ed eloquenti aspetti, dandoci i deliziosi spunti pittorici della *granata* e della *fiorita*, le pensosità raccolta del *dopo?* di Italy, dell'*orfano* di *casa mia*, gli affaccendati quadretti dei *due vicini*, il mistero doloroso della *cavalla storna*. Parlo di Vico Viganò, il quale, quando abbia, con religione d'amore, penetrato gli spiriti dei canti leopardiani, abbia respirata l'aria di Recanati, e, a così dire, assorbita quella natura ispiratrice, avrà modo di elevare il tono dell'arte sua, di allargarne gli orizzonti all'infinito, di pervaderla tutta d'una vasta e intima significazione, che sia come l'anima dell'immoto disegno, che sia come un muto continuar del canto e ad esso ci riconduca in un trapasso spontaneo, in un ricambio fedele, in una armonica rispondenza di sensazioni e di affetti.

Ecco: con tutto il rispetto dovuto alla toga ed alla matita rispettive, non so trattenermi dal suscitarmi davanti una... visione: vedo, cioè, un maniscalco ed un suo manuale, sbracciati e sudici di fuliggine, d'unto e puzzanti di corno bruciato, con grembiuli di cuoio e manaccie callose e mal destre, chini ed intenti a maneggiare un roseo e bellissimo bambino, che si è rotto un braccino, ruzzando. E tutti e due a tirare, a piegare, a fasciare, a comprimere su quelle povere carni aristocratiche e ferite; e ad ogni gesto strida ed urla del paziente alla tortura, e ad ogni tocco di quelle mani un'orma nera e ignobile sui lini delle fascie, sull'epidermide di quel male avventurato.

13. DI ALTRE OPERE

Finalmente sono anch'io persuaso della formidabile e veramente demoniaca fertilità d'annunziana. Giunto all'età critica, al limite sinodale, là dove le ovaie si essicano – per l'ultima gioia de' canonici – alle femine normali, le sue ideali ed estetiche scaturigini invece rigurgitano. Ogni dì, è una nuova cateratta ripollante di linfe freschissime, profumate e mediche che ci innonda: con tutti questi suoi affluenti di letteratura si scaverà un oceano di poesia.

Leggeremo "*I misteri delle voci*", *enfoncé* l'ermetico e suggestivo Mallarmé, al meno ad udir D'Annunzio:

Ho cercato di evocare tutte le voci misteriose e care che ho inteso e il cui ricordo mi risuona ancora nell'animo. Non posso spiegarvi ancora quello che sarà il libro. Solamente leggendolo potrete afferrarne quello che credo che sia la sua originalità. Mi sono sforzato di creare un modo nuovo di espressione, una sintassi inusitata, che ho inventato tutta di sana pianta. Un rapporto impreveduto fra le parole e le frasi. Ciò mi permette di fissare i miei sentimenti e le mie impressioni conservando ad essi tutta l'intensità e tutto il calore.

Il poeta Mallarmé vi si era già accinto prima di me, ma non ha saputo sempre sciogliere in modo sufficiente il suo pensiero dal mistero che lo avvolge. Ho cercato di esprimere quella che credo sia oggi la realtà non già quella che avevo sentito finora. Perché oggi vedo con occhi nuovi, mi accorgo che la realtà si trova appunto là dove credevo di vedere delle visioni. Al pari degli altri, ho troppo di sovente contemplato il cielo...

Andremo ad ascoltare musica – Puccini – e versi – D'Annunzio – della *Strage degli Innocenti*? – No; piuttosto, recitando la terza parte del Rosario per ogni atto, colle mani giunte ed in ginocchio, nella massima compunzione, vedremo sgolarci davanti le scene di canto e ballo dolorose e gaudiose o di un *Cristo* o di un *San Domenico*; questa cara gioja che ha fatto operare l'*Inquisizione* ad onore e grazia del Dio del Papa e del Re di Spagna, ma specialmente a profitto de' loro erarii e delle loro privatissime vendette.

Vediamolo a scrivere in candida tonaca domenicana – per rimanere in carattere e nell'aura celestiale de' torturatori teologi, bagnato nel rosso bagno di luce e di sangue, donde uscì un San Sebastiano; tutto mistico, a perseguire, nell'opera quotidiana angosciosa e pensosa l'angiolo del ravvedimento, che gli fa ribatter cammino in sul *nostos* della più sciagurata ascetica crudele.

Eppur no: Gabriele D'Annunzio deve essere in qualche modo riconoscente al mecenatismo dell'Ida Rubinstein, che lo trasse testè d'imbarazzo e l'ajuta tuttora. Non più santi, ma cortigiane incoronate: e sarà allora l'ultimo mimodramma: *La Pisanella*, o *La Morte profumata*. Cipro e le relative rose per *luogo*: medio evo per *tempo*: fu la Pisanella una principessa orientale che morì sotto una pioggia di rose... ecc...

Oh, la inesausta fecondità d'annunzíana: né meno il mezzo secolo e più la indiga: egli scrive la notte; si rovescia di notte sul mondo:

Allorché un'opera è stata lungamente meditata nella mia mente, siedo al tavolo, verso il tramonto, dopo un breve riposo, e lavoro tutta la notte, non interrompendomi che per un breve pasto, per qualche esercizio fisico o per sorbire un po' di caffè. Poi riprendo a scrivere nella calma notturna, fino all'aurora. E durante il giorno, dopo il riposo, lascio che il corpo viva tutto solo, abbandonato alla sua foga, alla sua violenza e soprattutto mi sforzo a non pensare all'opera che sto preparando, per lasciare il cervello in riposo e non ricevere ispirazione che dalla notte, quando gli dei discendono...

Egli non s'arresta mai, non s'arresterà più; è il diluvio incondizionato di letteratura indoeuropea; è il finimondo della lirica; è il perpetuo divenire hegeliano *in visibilium*; è la stessa Divinità; è la Demenza. Però che:

Giunto al colmo degli anni, avendo già vissuto tante vite, io mi preparo tuttavia a novellamente vivere e a conoscere nuove deità, se la forza m'assista. Ogni notte sento con un brivido l'ora della rugiada, quando l'anima non è contaminata da alcuna grassezza di carne, come direbbe il Beato... – E so che ancora v'ha per me molte altre maniere d'esser compreso e incompreso, amato e abominato, glorificato e vituperato. E so che, d'origine libero, fattomi liberissimo, ho ancor da conquistarmi una più ardua libertà. E so che, sempre avendo più che arditamente operato, ancòra a più grandi ardiri ho da trascendere.

"Pietà, pietà di questa atroce fecondità!". Che è pur vero com'egli s'arresti davanti al *13*: e questo è il paragrafo *13* di BRICIOLE: sì che D'Annunzio lo deve scansare, girandogli attorno e maneggiando napoletanescamente il cornetto rosso e puntuto di corallo; mentr'io lombardamente gli auguro:

"Se starete lieto e sano
tornerete di lontano".

VOTO PER ME
(1912)

Io credo in me, perché sono il dio del mio universo, il re del mio orizzonte, il padrone assoluto della mia coscienza e il produttore dei miei movimenti. La natura mi ha dato delle facoltà destinate a fare di me una individualità sensibile e pensante; mi ha costituito con un organismo capace di produrre il calore e la vita; finché non avrò raggiunta la vecchiaia, ho un corpo che non chiede che di rafforzarsi, e un'anima che non domanda che di elevarsi; da me solo dipende il dare un regime abbastanza favorevole all'uno e un orizzonte abbastanza luminoso all'altra... Io credo in me perché la mia intelligenza non chiede che di svilupparsi; la mia ragione non è inferiore a quella degli altri uomini; la mia volontà è ardente, il mio sentimento è elevato...

Parole di ANDREA JAYET,

ciabattino filosofo.

Nel bel meriggio del 17 agosto 1912, riceveva, da Milano, a Breglia, la scheda-invito che voi andrete più in giù a leggere; in qualche parte lusinghiera, però, che coll'indirizzarsi a me mi credeva capace elettore per un suffragio di regal-poesia; in parte ironica, però che, nel cuor dell'estate a corto di notizie meno vagabonde, la *Rivista* da cui si spiccava, desiderava con inediti graziosi sopra una *vexata quaestio* rimpolparsi di abbonati, far sorridere lettori, ingraziarsi candidati. Comunque, risposi: essendo poi questo un fatto attinente all'*Antidannunziana*, a cui può fungere come "*Per Finire*" eccovi domanda e risposta, che ignoro se venne stampata.

Milano, Agosto 1912
Via Petrarca, 4
Telefono 87-20

"Varietas"
– Casa e Famiglia –
Rivista mensile illustrata
Amministrazione

Illustre Signore,

La proclamazione del nuovo principe dei poeti francesi d'avanguardia ci ha indotti a rivolgere la seguente domanda ai nostri lettori in generale e ai Letterati e Poeti in particolare:

Se Gabriele D'Annunzio, principe dei nostri poeti viventi, avesse, per un capriccio, ad abdicare al trono su cui fu inalzato dall'universal consentimento, chi, fra i giovani poeti nostri, potrebb'essere il successore? E ove mai una personalità non si fosse ancora ben definita, chi potrebbe assumerne, fra i poeti non più giovani, la reggenza?

La S.V. potrà rispondere, volendo, anche senza motivazione alcuna, favorendoci con cortese sollecitudine due soli nomi: il primo per l'eventuale futuro Principe, il secondo per il Reggente.

E poiché non si tratta di un semplice perditempo estivo, non dubitiamo del favore, ed esprimendole i sensi della nostra ammirazione, vivamente La ringraziamo.

"Varietas" (Casa e Famiglia)

Via Petrarca, 4. Milano.

Egregia "Varietas",

Già, io sono un abbonato a questi –così detti – *referenda*; non ne mancai uno in quest'ultimi tempi; prova è che rispondo anche al vostro.

Per esempio, mentre ammetto che il poeta di *Ballades françaises* è degnissimo, non solo di principato, ma pure di reame letterario, in Francia, dove essendoci la repubblica è logico aspirare alla Monarchia; non so capire come mai, voi, senz'altro e per seguire il suffragio della consuetudine popolaresca ed ingannata, bombardiate un D'Annunzio despota nella poesia, nel Regno d'Italia, dove, *a forziori*, si dovrebbe anelare alla Repubblica. Se bastasse il mio voto a raggiungere la maggioranza voluta per questa elezione come l'ho già rifiutato, tornerei a rifiutarvelo.

Se non che voi, con una fortunata ipotesi, me lo raffigurate abdicatario, ed io v'acconsento, augurandomelo, per l'amore che porto alle lettere ed al carattere italiano, almeno per sempre morto. Ed allora: *"Viva il successore!"*.

Fu il grido della folla piazzajuola quando morirono Carducci e Pascoli, quest'ultimo intronizzato al posto del primo con ben più spiccia procedura e più breve protocollo, ma non so se davvero meritevole. Oggi, i tempi in sull'aure libiche, promosse dalla concorde e belligera italianità, son divenuti, per rispettare anche l'aulica sanzione di un quasi suffragio universale, più democratici, ma più tristi; però che fidandosi sulla intuizione bergsoniana appannaggio della plurima ignoranza, l'astuzia ha trovato modo di far il proprio libito colle mostre di ubbidire alla volontà altrui, la quale indifesa, perché analfabeta, ripete, senza saperlo, le pretese di quella. Dunque, da buon analfabeta in poesia nominiamoci il Re: lascio da parte il Reggente, perché non ne vedrei il Pupillo; ed, in genere, come avvenne al tempo de' Maggiordomi Merovingi, il Reottino non raggiungerebbe mai la maggiore età. Qui, un Re ci vuole.

La mia ignoranza si china sopra di sé; si involge, scruta ed affina la vista dentro le più recondite pieghe delle sue conoscenze: mentalmente sgrana un rosario di nomi, di titoli, di libri, di opere, di gesta reclamistiche, di insulti al buon senso ed al buon costume, di svenimenti ed isterismi feminili, di *pum-pum*, di mezze rivoluzioni, di false modestie, di irritanti orgogli, di capacità incomprese, di genii sventurati e diffamati. "Scegli, scegli", eccito "povera cara ignoranza mia!". E non sceglie:... finché lo Spirito Santo mi percuote. Un lampo! Una illuminazione interiore alla Rimbaud; una folgorante rivelazione! Potenza della intuizione! L'ignoranza vaticina. Despota, Papa, Re, Reggente? Ne abbiamo noi visti mai nella letteratura italiana pei secoli e le epoche? Papa di cozzanti eresie? – E per quali ragioni, essendo liberi, vorremmo essere schiavi? Per autenticare la bontà del suffragio universale giolittiano? Perché domani il tiranno, a suo pro, invochi il Plebiscito? Fossi pazzo! Ma io non voglio pagar tasse ed imposte di letteratura, né mantenermi, colle regalie, un parassita in dosso; ma io non concedo che altri venga a dominare in casa mia; ma la mia ignoranza è così superba che non accorda privilegi sopra sé stessa nel suo vastissimo imperio, che giunge là dove arriva la sua imaginazione, affermata dal suo verso insolito e disordinato. E chi può essere Re, qui, quando io sono l'Imperatore? Perché, in fin dei conti, non conoscendo bene che me stesso, non mi affido che in me. E su questa proclamazione luciferina, ma di mia abitudine, ho il piacere di salutarvi:

G.P. Lucini,

poeta non più giovane.

Palazzo di Breglia, il 20 Agosto 1912.

**DIVERTIMENTO
O SIA
CANZONETTA IN ONORE
DELLA PIÙ GRANDE LETTERATURA
NOSTRANA**

O, douceur efficace!

Lamper un mélécasse

Et le bitter plus dur

Devant l'azur!

L. TAILHADE, *Idylle suburbaine*.

Al acto practico, cada qual hace lo que mejor lo parece, segùn su gusto particolar.

Consejos para una Señora decente.

Per non dormire.

Divisa ricamata sui cuscini d'ogni genere in CASA GABRIELE D'ANNUNZIO.

Torna a fiorir Manzoni
dopo morto Carducci;
sfoggiando alte canzoni
di callipigia impresa
germoglian li epigoni
dell'abate Ceresa;
ma ricca di sue rime
sta *"La Vispa Teresa"*,
se rinfiora Manzoni
da clericale attesa.
Blaterano le Ciane
con eloquio sublime
alle virtù marchiane
di prete Vanni Fucci;

Fogazzaro risuscita
riunto al cattolicismo;
con passo d'isterismo
va da Thiene ad Arsiero:
lo segue scudiero
un De Amicis compunto,
che fa sul Marx la scuola
in giberna e kepì;
Fogazzaro risuscita
che giacque l'altro dì.

E soccorre il Benelli
a far fare all'amore
ai *Tre Re* stenterelli
d'ogni toscano ardore,
tra un *Tignola* che impegola
libri e voracità,
consunto dalla fregola
per la platealità.

E discorre Gozzano
colla *Felicità*,
Felicita, signora
d'intellettualità;
il Gozzano alla *traîne*
di una *bas-bleu-marin*,
nel *boudoir tanné*
di bei fiori *movì* —
tal quale al *trentatré*

cantavasi così; –
già soccorre il Benelli
e discorre il Gozzano,
i più lesti fanelli
del Parrasio nostrano.

Infuria il futurista
volando in aereoplano
con strepito di guerra
a subissar la terra
tra il birro e il nihilista
e il giacobin-scioano,
o Bètuda o l'Orano:
ma regge il Marinetti,
con sorriso sovrano,
i molti suoi valletti,
profeta mosulmano,
sopra il Gaurisankar:
demenzia il futurismo,
mignone allo snobismo,
d'estemporaneità.

A meriggiar sull'erba
vi è Pascoli in conserva;
ci accorda il su' frinfrino
per l'inno al soldatino.
Dettaglia la sua Barga
la bella Italia larga
d'analfabeti e fimo,
di paglia e reattini.
Li sente ei, sul mattino,
frullar: *cip, cip, trin lè...*
sui rami del giardino.

... Ma l'aereoplano è in aria;
la patria è proletaria;
Mariù più culinaria
di un vero cordon-bleu;
Pascoli, il più canoro
de' canerini in gabbia,
colla su' voce d'oro
ci medicò la scabbia
che ci buscammo a Tripoli.
La rima si entusiasma
piena di commozione

al rombo del cannone:...
non se ne accorga il fegato;
s'appresti un cataplasma;
schiamazzín le fanfare,
s'intoni il *benedicite*,
strepitino: *trè! trè!*
con un pedale d'organo
i... *laudamus te*;...
e, su Vittorio e Pio
Domeneddio albeggi
la riconciliazione;
quando ritorna Pascoli
a meriggiar sull'erba,
con ciera non superba,
uno fra i Grandi Tre.

Qui sta a gestir D'Annunzio
che è più calvo di pria,
però che l'*abrenuntio*
schiva con albagia.
Gestisce nell'alcova,
gestisce nell'esilio,
declama nel romanzo,
nelle tragedie infuria,
s'inciela nei misteri;
ma con occhi severi
sogguarda il creditor:
lo ammaestra il Paraclito
per fomento ed ausilio;
di sé fa immensa prova,
ogni dì, dopo pranzo,
di nostra poesia
unico detentor:
torna a fiorir D'Annunzio
che è molto calvo ognor.
Critici e cortigiane
vi si allenano a stuolo,
sessi e penne malsane,
inchiostro, assenzio e scolo.
Alphonses e ruffianelle
convengon da Very;
rialzan le tonacelle,
dal Bollando opulento,
beati e vedovelle,

Sebastiano e quelle
sante così... così...

Torna a fiorir la mimica
gabriellina e pura
in vena dissenterica,
schietta a disinvoltura;
giornalisti e mammane
la lodano del pari,
ché imprese deretane
profittano denari.
Però che l'*abrenuntio*
vien più amaro di pria,
se l'illustre D'Annunzio
piega le corna al quia,
balbetta sulla sillaba,
ringuaina Poesia,
volge corso al ginnetto,
rimuta il suo diletto.
Ti presenta il groppone?
Tu inforcagli il dadà;
deliri in gestazione
la sua fecondità.

Torna a fiorir Manzoni;
blaterano le Ciane;
Fogazzaro risuscita
per tutti i goccioloni
e le oneste puttane:
il Capitan Cortese
estrae da Carlo Marx
turatiane pretese
ritto al *"presentat'-arm!"*.
Fa all'amore il Benelli
co' suoi Re Stenterelli;
ingravida il Gozzano
la sua *Felicità*
già serva ne' bordelli;
detuona il futurista,
da Spagna in Inghilterra,
approssimando guerra

con ogni assurdità:
Pascoli, in cameretta,
ponzando l'inno a Roma

in bei versi latini,
s'acconcia alla seggetta,
sorbisce la tisana
che gli porge Mariù,
la sorella servetta
d'estetica umiltà:
ma D'Annunzio è quel fiore
più caro e più squisito,
indice preferito
d'ogni celebrità;
nasce fiorisce e muore
se gli inforchi il dadà.

CONCLUSIONE

Dite la vostra che ho detto la mia,
– e così sia.

Ho definito completamente la mia polemica nel giro di questo librattolo e non vi ritornerò più sopra. Alli avversari il confutarmi, il combattermi, il vincermi: non risponderò.

È con un vero senso di sollievo, di liberazione ch'io evado da queste pagine; ho bisogno di respirare aria più sana e vivificatrice, di avermi davanti li occhi un paesaggio più vasto, delimitato più vagamente da un orizzonte, il quale non segni confini, ma li annebbi, come postillasse l'indefinito: e volare.

Comunque, per quanto a me stesso ingrato, mi sembra di aver compiuto il mio dovere, eccessivo, severissimo: ho forse esagerato; ma, se rispetto alla persona del D'Annunzio, un grande artista decaduto per la sua golosità e tradito dal corteggio de' suoi Seid, non certo di fronte alla maschera, alla categoria che rappresenta. Perché, giunto sulla soglia dell'uscita, anch'io riconosco, che, nell'accidia lutolenta e ruminante della patria, la quale accetta ogni cosa *sia già fatta* ed ogni *polenta sia già rimenata e scodellata*, rovesciandovisi sopra a trangugiare, il Poeta Pescarese eccede, colla sua figura, si ostenta in movimento che produce, se non con gioja e salute, almeno con febre e con nevrastenia, se non con piacere, almeno per necessità: ma fabrica. Sì; riconosco in lui un tono superiore di vita alla fiacchissima nostra vita estetica nazionale, alla abitudine dell'indifferenza verso ogni tentativo, all'orrore veramente italiano per lo studio e la fatica intellettuale.

Per ciò, per scrollarmi da dosso il fastidio, anche lungo la scrittura di questi capitoli tentai di sorridere a me stesso e di volermi ingannare; di essere lieto mentre distruggeva; ho fatto il *Morosofo*. Il gergo scientifico non ho voluto scapitare; la parola densa e grave mi è fuggita: – μωρία-σοφία: – per dirvi: la *saggia-follia*. Ne ho fatto una mistura per imitare, puta caso, l'archiatra-sofista di moda, battezzatore di morbi nuovi e di più nuovi rimedi: ché io, con lui, amo sempre mostrare due lingue, come la sanguisuga, al dir di Plinio: gli invidio la pratica di poter introdurre nella prosa, a richiesta, un mosaico di pietruzze greche, vere o false, e di cocci italiani, inverniciati o no, senza guardar pel sottile se i vocaboli coprano abbastanza decentemente e con qualche proprietà *le cose*. Sì; perché ho voluto anche ridere in sull'argomento, che era assai malinconico, e, qualche volta, di una accorata tristezza straziante.

Laonde mi parve di raggiungere la perfezione, dallo stesso Erasmo insegnata dall'*Elogio della Follia*; mi parve d'essere più nemico di me stesso, fasciato di una feroce misantropia, continuando a ripetere in sordina, tra riga e riga, il detto del filosofo di Rotterdam:

Ed ascoltatemi bene, tutto quanto si fa qua giù tra i mortali ed a profitto d'essi è sprovvisto di saggezza ed è cosa da pazzo pei pazzi. Chi, solo, vuole opporsi alla piega universale, non ha, secondo me, che un unico mezzo per riuscire; seguir cioè l'esempio di Timone il misantropo ed andarsi a godere, in solitudine profonda, questa così bella e nostra saggezza.

Oh tristi ed amare parole della negazione, quale balsamo negro mi apprestate! E perché, vecchio cuore, usato dall'entusiasmo a vagheggiare luminosissime e vicine maraviglie di amore, insorgi e continui a battere in tuo ritmo? *"Va; che non hai torto: è Timone che pecca?"*.

Così, tra un disgusto ed una elevazione, tra il nero fumo del pessimismo e le squarciate serenità dalle nuvole spesse in sul cielo dell'ottimismo esasperato, si avvicendarono periodi a periodi, foggiarono questo libretto, che ora fuggo, persuaso di aver voluto giovare, con passione, sì da pregiudicarmi un'altra volta, alli uomini miei contemporanei, che non mi meritano ancora.

Varazze, il XXI di Dicembre 'CMXIJ.